二魚文化

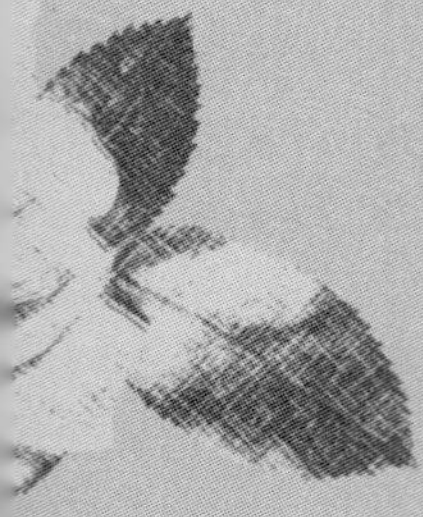

臺灣女兒

呂政達

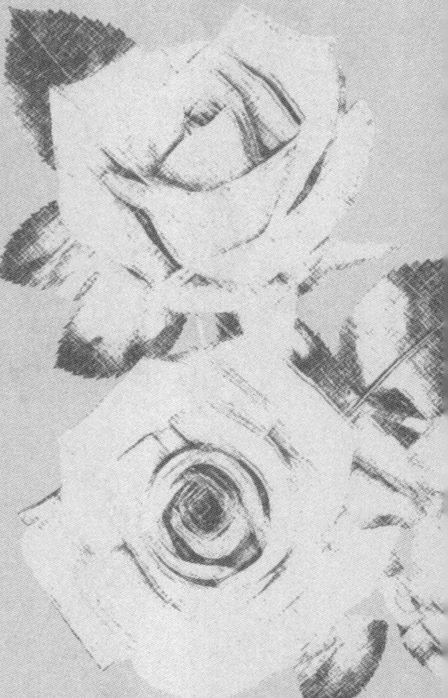

推薦序

走出自己的天空

勵馨基金會執行長 紀惠容

臺灣女兒的面貌是什麼？是勇敢？活力？自信？創意？責任？或是溫柔？照顧者？第二性？

長期以來，勵馨基金會在服務婦女路上，深深覺得臺灣女性的面貌，應由女性自我重新定義，它不是媒體或有權力的男性來定義。檢視臺灣的婦女史，我們可看到男尊女卑的悲情故事，也可看到，及少數女性在壓迫當中，如何活出精采的自己。

這幾年，勵馨基金會不斷透過對話、倡議，試圖重新定義臺灣打造臺灣婦女、臺灣女兒的新面貌。臺灣女兒可以從悲情走向陽光，從附屬第二性到自主展現，從照顧者角色到傑出領袖。

很高興看到呂政達書寫臺灣女兒故事，以文學手法展現現代臺灣女兒多元面貌，既細膩又清新，這是一個新的嘗試，祈願臺灣女兒走出自己的天空，在不斷書寫中，重新定義自己的面貌。

推薦序

找回臺灣女兒的名字

臺北市立聯合醫院婦幼院區小兒科主任　陳佩琪

看了呂老師六十個臺灣女兒的故事，心中有無限感慨，自古臺灣女兒命運的分水嶺或轉捩點就是婚姻，未婚的女人可決定自己的命運，過自己想要的生活，可以選擇做順從的女兒或是離經叛道的女兒，父母是終身職，對未嫁的女兒永遠割捨不下，但即便如此卻有死後無人祭祀的悲哀。

在臺灣，未嫁的女兒往生後只能擺在姑娘廟或像聶小倩一樣置於蘭若寺，生前卻能享有選擇自己生活方式的權利與自由，也能獲得父母滿滿的關懷與疼惜，但一旦進入婚姻，生活不再由自己決定，要學習融入一個大半由陌生人組成的家庭，被要求侍奉夫家的父母而非原生家庭的父母，就算獨立自組家庭，逢年過節除少數例外，也只能回夫家而非原生娘家，唯有如此才能換來死後入祀夫家的禮遇。在我行醫擔任新生兒科醫師二十五年來，遇到多少連生數個女兒的父母無言的眼淚，或許父母親都知道在臺灣生男生女一樣好，這句只適用於婚前的女兒們。

看著呂老師所寫的臺灣女兒的故事，心裡想著自己是什麼樣的女兒呢？我把自己定位為婚前是一個順從的女兒，婚後是一個無聲的人妻與盡責的母親，但我仍努力保有身為臺灣女兒應有的獨立與尊嚴。記得數年前醫院有過一個敗血性休克的小女孩，因送醫太遲而不治，早年沒有行動電話，母親是家管，父親在外頭跑業務無法聯絡上，媽媽眼見小孩不對勁，卻遲遲無法決定該不該立即送醫？要送哪家醫院？因為她被教導成遇到如此大事，要問過爸爸的意見才能決定，白白斷送了小女孩的命。

早期我穿著資深主治醫師的長袍，帶著年輕的男住院醫師巡房看病人，年長一輩的阿公阿嬤，通常不把我當醫師看，在他們眼中女人該待在家裡煮飯灑掃帶小孩，怎可拋頭露臉，怎可和男人搶飯碗，怎可參加學運抗爭，怎可獨自在異鄉騎腳踏車旅行。

過去醫界流傳著一個冷笑話，某個車禍受傷的少年郎，阿公阿嬤在急診室焦慮的等候，嘴巴直嚷嚷，醫生怎麼還沒來，冷不防一個瘦弱的女醫師從旁冒出一句，我就是醫師啊，我已經來很久了。早期臺灣的女兒，除非未婚，否則終生只能以夫家的天為天，以丈夫、子女的成就為成就，期待呂老師的書對臺灣女人的自我意識能有提升的作用，讓臺灣的女兒在歷史上不再全無名字，讓臺灣的女人不再只有留下某氏（通常是夫姓）、某夫人或某太夫人而已。

自序

愛和受難的書寫

聽說我在寫女兒生命故事，不算熟的友人問道：「你有幾個女兒？」我說我沒有女兒，只有一個兒子。

於是，懷疑的語氣就來了：「為什麼要寫女兒？」

書寫了一陣以後，我當然得想辦法說服自己，回答眾多的疑問：一個男人為什麼寫了一本女兒的生命故事？

也許是長年擔任編輯的工作，我工作過的這幾家刊物都是以女性為對象，我接觸過頗多的女性題材。也許，是因為老婆家有七個姊妹，每次家庭聚會總環繞著女兒的話題，吵吵鬧鬧卻彼此分不開，曾經觸動了我想寫的靈感。

採訪和書寫的過程裡，我發現許多女性的生命故事，一生的掙扎和追求，都關乎女兒的這個角色，女兒這個腳本，常常是用女人的一生在演著的。為了這個註腳，我幾乎就要寫成一本書。女人和女兒像鎖著一個金鎖扣，終生也分不開，女人都是女兒，女兒也是女人。

女兒既感受到父母的愛，卻難免也承接了傷害。

也許，日子這樣過著，曾經在某次採訪後，在搭公車穿越日光夜景的某個片刻，我猶浸沉著適才那位女兒的娓娓訴說，穿過悲喜交集的橘黃色氛圍，對我，開始動筆寫，也不過是自然而然的過程。

我不敢說，要女兒們藉著這本書瞭解自己，或者了解其他女兒的遭遇。但是，悄自的疑問浮起，在這場書寫的終點，我因而更了解自己，更能寬容自在地面對傷害，也更能欣賞別人加給我的愛嗎？

我有脫胎換骨的勇氣了嗎？

我願意諒解那些曾傷害我的人嗎？

我願意愛也被愛嗎？

在某場高中家長的演講上，她們來，巴望我這個親子作家告訴他們教養的祕訣，我劈頭就說：「我要讓妳們失望了，我是來談女兒的。」我說，每個女人不一定是媽媽，卻一定是一個女兒。當女兒變成了媽媽的身分，潛意識裡，又將她承受過的苦和折磨傳承給女兒，當然，關於愛也是如此。這是冰和火的輪迴，是尼采所說的「永劫」，我想起了米蘭．昆德拉《生命不可承受的輕》的那位註將化為灰燼的女兒，但鳳凰不保證會從灰燼飛出。

然而，這不單是一本關於灰燼的書，所有書寫的重點，都是為了日後的飛翔，顏色斑爛，晴空廣闊。我希望女兒們就將這本書當成從自己身上掉落的羽毛，羽毛落在草地，但沒有關係的，一點關係也沒有的。

一本書的完成，要感謝的人太多了。最感謝的當屬魏伶如女士，任我自由揮灑，還提供給我許多寶貴的意見，她也是除了我以外的第一名讀者，當然，她也是一個女兒。

就是這樣一本書了，當然，對女兒們的生命和連綿的意識流，我的嘗試或許只是想抽刀斷水，但生命長流奔流而去，直到彼岸，我們還是只站在岸邊觀看。

目錄

輯一 女兒花園

輯二 女兒心事

輯三 女兒歲月

輯一

女兒花園

木棉花女兒

主旋律出現了前奏，輪到這個女兒唱歌了。這是一首她熟悉的歌，自然難不倒她，曲終，女兒對著臺下神祕地微笑。

每個觀眾都以為，女兒是對著他微笑的。觀眾席裡一個固定的角落，媽媽曾經坐在那裡。不管發通告、宣傳唱片或是出席活動，經紀人都知道要留下那個位置給媽媽。女兒一眼就望見了媽媽的眼神，忘情地投入了歌聲。

最早的時候，女兒參加歌唱比賽，就是媽媽報名，帶著她去的。女兒本來也不知道自己很會唱歌，是媽媽先知道的，媽媽堅持要女兒走歌唱路，比女兒自身還有信心，媽媽說：「妳上臺去好好地唱，媽媽在臺下給妳加油。」女兒出道、發唱片，走紅，媽媽守著她的承諾，每場都必定坐在那裡，同時不給愛慕女兒的男生一點機會。

有人在女兒的歌聲裡聽見了激情和燃燒，說聯想起了盛開的木棉花。其實，這對母女間的依存，也像木棉樹，花開，花落，然後飄下棉絮，這個順序永遠不會變動。先有媽媽的在場，才有女兒的歌聲，十幾年來，她們是歌壇的忠實搭檔。

木棉是一種多面向的花樹，不同的心境都可各自在木棉花找到相應。木棉高大挺拔，古稱英雄樹，相傳南越王趙佗望花而想起戰場的烽火，盛開時的木棉花攫獲了溫柔多情，香港歌手羅文就唱紅了「紅棉」。木棉像火一樣燃燒起來不可收拾，有作家也形容木棉花像大碗盛著紹興酒，沉醉在花開的季節。

有人說，女兒的歌聲像木棉一樣在耳朵燃燒，但木棉花開時，樹上卻不留一片葉子，反而更像這對母女的故事。媽媽因病去世後，女兒突然從歌壇銷聲匿跡，像木棉花的決絕掉落。隨後是媒體界的各種傳說，有說是為情傷，但影劇記者再怎麼挖，也沒找到那個傳說的男人。有說她虔誠信佛，家裡設置著佛堂，終日在家裡唸佛經，只在黃昏時在住家附近的小公園散步，也許沉湎在往日的無盡溫柔。

後來，舊日的好友力邀她來出席一項公益活動，她終於出現了，但大家只注意到她落寞憔悴的神情，驚訝歲月在這個女兒身上留下的痕跡。主持人介紹過後，她開口唱歌，眼神一如往常搜尋著一個熟悉的角落，好像其實她是在為一個往日的幽魂獻唱。她的歌聲不再激情，只剩下光禿禿的樹幹，曲罷便匆匆離場。那是女兒最後一次的公開露面，有人惋嘆，她的歌聲失常了，更令人懷念起往日的美好。

其實，那些人哪裡知道，連女兒自己也不知道，她這生只為媽媽唱歌。

青蓮花女兒

媽媽講的故事裡，有一則關於一間廟。

那間廟叫做姑娘媽廟，位在臺南佳里的菜寮田邊。改制前佳里是個大鎮，菜寮則位在產業道路旁，產甘蔗和稻米。姑娘媽廟建在甘蔗幢幢聳立的寂寞轉角，沒有香火，遂也少見人跡。寂寞，一直是我的印象。

我不確切知道那位姑娘媽的生平，在以前的鄉下，一名未婚女子的自殉在多年後已從隱痛演變成軼事。照我媽媽說，她託夢給我那當里長的外公，外公遂集資建了這間廟，讓無祀的一抹香魂有個依靠。未婚女孩死後奉祀為「媽」，是臺灣家族文化價值的體現。

媽媽說的故事，我倒不知她說的是誰，只說往後菜寮的女兒們心有委屈，感情無處訴，默默的情愫，無力反抗家父長的生涯安排，就會來投靠姑娘媽廟。默默的在殿前燒紙錢，供花，女兒們的心事是幽明相通的，虛渺的神格如今成為唯一的安慰。

「那年，村子的一個女子，被父母安排要嫁給她不喜愛的男人，她哭，一個人躲到姑娘媽廟哭，想在黎明前在廟裡頭上吊自殺。」媽媽說。我想，這個故事聽來怎麼這麼沈從文。「女孩哭了一陣後，昏沉沉在殿前睡著，做了一個夢，是姑娘媽來託夢。」（對不起，我好疑的個性想的是：別又來了。）「醒過來時，那個女孩只記得桌上一朵青蓮花，沒有別的供物。」後來，我怎麼追問媽媽也不說結局，雖然我相信那個黎明還是依約來到。

後來呢？媽媽嫁到臺南，離開了菜寮老家。後來是我的登場，（這個順序絕不可搞錯）我隨行來到菜寮，經過那間姑娘媽廟，此時姑娘的命和廟都是冷的，我瞥見那朵青蓮花，桌上的清供，像凌晨才剛從園裡摘來，猶浸著透明露珠，（所以那個黎明確實到來）我不相信經過那麼多年後，還會是同一朵花。

或許，天地間有一股心意，穿過女兒們針眼那般的纖細，眼光脈脈，有否含情尚是未定論，落在寂寞廟裡的一株花。寂寞，仍是我唯一的印象。我開始好奇，自己是不是認識薄命的姑娘媽。

在臺南成長的小孩，遲早會對那麼多給女兒奉拜的廟，感覺到一股龐大的磁吸力，相對於傳統的父家長公廟，每間女兒廟總像有說不盡的心事。建業街的臨水夫人廟，那個叫陳靖姑的姑娘晉奉神格，三十六個隨伺奶媽、管家封為「三十六婆祖」，是我後來在其他廟宇都未見到的女性群像，堅持著那個姿勢，那些沒有在歷史留下姓氏和名字的女子一一站成了神。

我後來認真想像，媽媽說的其實是自己的故事，但往事不是甘蔗，實在禁不得啃咬。我擔心追問會變成撕扯，只記得她這樣說：「我原本要嫁到佳里鎮上的，你外公卻說臺南這個男人比較老實，所以呢……」沒有多言，作為一個時代的女兒和妻子的幽怨，清清地供著。

我最後一次造訪姑娘媽廟，卻是推著即將去世的外祖父，時值黃昏，茂盛的甘蔗田攪拌落日的嘆息，從骨子發冷的風。中風的外公停在小廟前，萎坐輪椅，望著他親手建造的廟殿，他每日來換的那朵青蓮花，清供的心事。我突然想起媽媽說的，外公是員外家出身，但他的婚事卻是媒妁之言，「村裡，好多好多女孩子都喜歡你外公啊——」媽媽這樣說道，一副我怎麼沒有遺傳到外公的意味。

我蹲下來，接住外公即將熄滅的眼神，「外公，那個姑娘媽是你以前的……」從甘蔗田吹來一陣寒風，外公望了我一眼，卻不答話。我想這樣也好，想想，取出從園子摘來的青蓮花，為桌上的供瓶換水，插上那朵新鮮的，向著舊日的一種什麼的花朵。

黃梅女兒

得知邵逸夫去世的消息，這位老媽出現感傷情緒，感覺好像一個時代的消逝，而她身陷其內。老媽靜靜地把黃梅調電影都搬出來，一個人在客廳看著。

那些黃梅調老電影都是女兒辛苦買來的。有幾年，女兒到處找黃梅調給老媽當生日禮物，老媽自從過了六十歲，就一直停留在緬懷往日的情緒，所以，女兒連上臺北出差，都要抽空去光華商場找光碟。

她們住在新竹的竹東，以前還有戲院的時候，是女兒沒有遇上的美好時光，戲院上映《梁山伯和祝英臺》，每場都客滿。老媽說她去看電影時，遇見她的二姨紅著眼眶走出來，看見她，就塞過來一包衛生紙，還殷勤叮嚀：「節省一點用，衛生紙很貴的。」在竹東這樣的小鎮，那個時代的女子間就靠著黃梅調在傳承著文化的潛規則，關於「一個女孩子、女兒、媽媽應該是什麼樣子」，還有女人家不好開口的默默情愫。

看著老電影的媽媽有一次問女兒：「妳知道為什麼叫做黃梅調嗎？」

女兒答：「不是安徽那一帶的黃梅採茶調嗎？」

媽媽說：「才不是，是某部電影裡有一棵桂葉黃梅樹，所以才叫做黃梅調。」

女兒跟老媽說，才不是這樣子，別教壞一家老小了。老媽還是堅持，於是，母女一起坐下來，從《梁祝》、《江山美人》、《鎖麟囊》一部部找下去。每次老媽興奮地指著片中的樹說：「找到了」，女兒難忍呵欠連連：「這些黃梅調根本都是同一個片場拍的，那些梅樹都嘛是那幾棵，就依照季節和劇情需要把樹變點顏色而已。」

桂葉黃梅樹不也就像是老媽的黃梅調記憶，在同一棵樹上變換著顏色，隨著季節由黃轉紅，在樹下見證了愛恨離別？有時候，是黛玉葬花那般的濃濃感傷，有時候，又變成了四九和銀心嬉戲的背景，女兒好奇地想著，老媽到底記得的是哪一段？

真實的桂葉黃梅，其實長得很卡通，在她們家過去一點的山坡就植栽著一排，黃梅花成熟時長出兩簇黑斑，怎麼看都像是米老鼠的耳朵。小時候，女兒最喜歡撿拾黃梅花回去，整雙手染上黃黃的色素，讓媽媽替她洗淨。

看到李翰祥導演，林青霞主演的《紅樓夢》，老媽終於忍不住在客廳睡著了，女兒給老媽蓋條毛毯，關上電視，這趟懷舊之旅也該結束了。明天，天氣好的話，女兒計畫和媽媽去黃梅樹林散步。她輕輕吟唱：「遠山含笑，春水綠波映小橋。」一直努力想著，竹東哪裡會有這樣的風景？

蹋棵菜女兒

那年冬天，這個女兒在樹林的市場看到一種沒見過的菜，長得像菜又像花，她捧在手裡，滿心好奇。

菜是團團的一圈深綠，每根菜葉長得像古時的如意，卻整體構成了一個和諧的圓。菜販跟女兒說：「這叫做蹋棵菜，是從日本引進的，」加上一句：「只有在我們樹林這一帶才種成功，別地方都沒有。」

衝著菜販這句話，女兒有了買一把菜的衝動，卻不記得曾在那裡看過種植這種菜。她常常上市場，給全家人買菜。爸爸和兩個弟弟還好，幾乎不挑嘴，她煮什麼他們就吃什麼，好養得很。媽媽的味口就很挑了，她吃得謹慎，只吃她吃過的菜。

女兒曾經問媽媽：「可是一開始，吃什麼菜都有第一次啊。」媽媽說：「那就改成，妳外婆煮過的菜，給我吃過的，我才敢吃。」女兒實在不知道，只是煮一頓飯，跟外婆有什麼相干？

那陣子市場湧進許多從未見過的物種，沒看過的魚，色彩鮮豔奇形怪狀，像是從水族館逃出來的。女兒每次都會問：「這是什麼魚，怎麼煮？」卻從沒有買過，她覺得自己在這方面，還真像媽媽。

她其實覺得，蹓稞菜很適合當新娘子的捧花，用一顆菜來宣示婚姻的本質，實在也夠務實了，西洋人的婚禮不也撒米嗎？結婚典禮後，新娘子把蹓稞菜拋向下一個滿心期待的女孩，哪個女孩會這樣的期待呢？

下一次女兒上菜市場，詳細問了蹓稞菜的味道和做法，菜販心想這次準買了：「味道像青江菜，可以大火快炒或煮火鍋。」「喔。」女兒應了一聲，還是沒買。

女兒回家做功課，發現蹓稞菜不是只在樹林種得起來，幾年前從大溪到中部都有種植成功的消息，但在冬天才有，要吃就得趁當季。

那個冬天，等到氣候逐漸回溫，燕子飛來在屋簷築巢，女兒終於下決心買了蹓稞菜。她推著菜籃車回家，覺得自己的心情像新嫁娘，「三日入廚下，洗手作羹湯。」她一直想打破媽媽的禁忌，這陣子各種毒害新聞益發讓媽媽堅守堡壘，「但不管是什麼菜，都應該給它一個機會嘛。」在母女相處的歲月裡，女兒一直隱藏著如此的期待。沒有說出口的是：「媽媽也沒有給自己太多的機會。」

大火快炒，幾乎不加調味料，菜葉安靜地擠在盤子上，仍維持著深綠色調。看起來像青江菜，應該連味道也像吧。媽媽不覺有異，吃了幾口菜：「哇，好新鮮的青江菜。」接著讚嘆一句：「妳手藝又進步了。」如此，完成了一個女兒的小小出軌。

風信子女兒

長途飛行後，再轉兩趟車，一行人來到澳洲的內陸，極目所及是紅色的沙漠和稀少的植物。媽媽收拾一路上的悲傷心情，忍不住嘟囔：「她跑來這裡做什麼？」

爸爸提醒媽媽，忍住淚水，別用淚水送別女兒的最後一程。那要用什麼送別呢？女兒來不及關閉的臉書上，已湧進了許多的哀悼和不捨，語言和文字也不是這對爸媽擅長的，一直沉默的爸爸也更加的沉默了。

時間要對準，聽說女兒出事時的下午兩點，其實是澳洲警方報案的時間，他們來到女兒被卡車撞到倒下的地方，由法師進行簡單的招魂儀式後，媽媽忍不住淚眼悲啼：「女兒啊，這次聽媽媽的話，別在外面流浪了，回臺灣吧。」

沉默是爸爸的專利，他取出一束風信子，置放在紅土上，爸爸選的是女兒最喜歡的藍色花種，據說也是荷蘭原產地的顏色，是最藍色的原始，也許是最配得上天性喜愛冒險的女兒。爸爸說：「讓來自荷蘭的風信子飄洋過海，在澳洲長伴女兒，象徵靈魂旅行到了熱帶，黑暗的內陸從此不再黑暗。」

女兒那麼喜愛冒險，在獨自的旅次留下紀錄，靠著臉書結交天南地北的朋友，但那當下，獨自騎著單車行在澳洲沙漠的女兒卻是孤單的，在女兒十八歲寫下的文章裡，發下三十歲前走遍所有大陸的宏願，她從此成為一名背包客，在爸媽的心靈版圖內，是一個游動的，讓人始終掛心的女兒。

女兒十八歲那年，高中暑假，爸爸和女兒參加基金會辦的活動，騎單車行東部海岸，整整一個禮拜，父女再無任何時間這麼親過，他們相約，在爸爸體力還行的時候再騎一趟西海岸，但現在爸爸所能做的，僅剩下再送女兒一束藍色的風信子。風信子據傳是阿波羅為了悼念被西風之神設計，給自己鐵餅砸死的美少年雅辛托斯，是從雅辛托斯血泊裡長出的花，原就有著悲傷哀悼的意思，然而，風信子也象徵著對昔日光榮的追認和肯定。放下花束的那一刻，爸爸心裡想的是，下一季，從女兒的血泊裡會長出花來嗎？

女兒的冒險和留下的文字，理應獲得追認，是一種不可抹煞的光榮。她的妹妹和弟弟這次也陪著爸媽一起來到澳洲內陸，招姐姐的魂，他們同樣熱愛冒險和旅行。爸爸說：「我不會因為姊姊這樣，就全然否定了冒險的意義，還是讓他們去吧。」

雖然，全然的掛心其實才是爸媽的心靈版圖，其後在爸爸自己的旅次間，他總帶著一束風信子隨行。

朱槿花女兒

新店的市場邊，陽光充盈的轉角，開著一家小小的花店。與其說是花店，其實只有幾坪大，簡單的木板隔出室內外，戶外的一排盆景全擠在人行道上，和賣衣服的攤位隔街對望。小歸小，路過的人仍常被那排顏色繽紛的盆花吸引，擺出戶外的全是朱槿。女主人露出笑臉，向顧客介紹花種，好像，她就是其中的一株花，懂得所有花的秘密。

她這麼的喜歡朱槿花嗎？慣常見到的鮮紅，一根長花絲筒巍巍突出於花腋，就像是靈山會上，釋迦牟尼拈在手掌的那朵微笑，朱槿花，是天地間的一株清供。

花店的女主人，當然也是個女兒，她喜愛朱槿花是有理由的。雖然，從小爸媽給她灌輸的是完全相反的道理。給女兒講道理的通常是母方，說啊，女孩子家個性不要太突出，考試只要維持前幾名就好，將來進入職場也不要強出頭，找個穩靠的男人嫁了。喔，依照爸媽的布置，她可能長成某種名字的玫瑰，或一大群聒噪的雛菊中的一朵，在夏日清晨浸潤露珠，但絕不會是朱槿。

她不知何時喜歡上朱槿花，在花園裡每見朱槿花叢，總要停下腳步，趁旁人不注意摘一朵鮮紅的花，拔出花絲吸吮依稀的蜜味。朱槿花盛開時是整叢綻放，當然也喧鬧，在她觀來卻像是個花園裡的合唱團，爭相跟還在青春期的女兒唱歌，來吸我吧，我最甜了。

爸媽對她的期待，顯現在她總要背負著的名字上。那時她叫做「怡君」，一點也不稀奇，是許多父母送給女兒的標籤。她一直不喜歡這個名字，有一次還跟爸爸槓上：「我幹嘛要等待一個『君』出現，還要『怡』他呢？」這是後宮三千嬪妃才該有的名字。爸爸肅著臉，很不以為然的說：「你的伯伯、二叔，還有誰誰誰家的女兒，不都取這個名字嗎？」爸媽那一代想法裡，那就是女兒家的定位。

後來，其實這個「後來」是經過許多年了，女兒才知道，她喜歡的花是植栽在盆景裡，獨自的一株朱槿，每盆朱槿都有自己的個性，顏色如此分明，她讀新店的女中的歲月裡，經常駐留在陸橋下的一個賣花的小攤位，想像自己是陽光充盈下的朱槿，從此她經過喧鬧的花叢已不再停留，不再去嚐花蜜，她甘願自己的獨立和孤單。

爸爸答應她：「妳如果不喜歡那個名字，等妳成人了，要怎麼改都隨妳吧。」但她有改名字嗎？雖然後來她開了這家花店，雖然她仍最喜歡朱槿花，雖然她始終沒有出發去找那個「君」，雖然在新店市場的邊角，陽光總充盈喧鬧，用力吸一口空氣，就可吸到蜜汁。

「哎呀，留著名字只是為了感謝爸媽生下我啦。」女兒這樣說，給顧客的名片印著「怡君花店」。

曼陀羅女兒

要怎樣形容這個女兒呢？首先注意到她的豔美，也許像所有過度盛開的花蕾，讓觀看者忽略了花的香味。

然後會注意到，她擁有某種可稱為勇氣的特質，她長期在中國演藝界發展，卻甘冒被封殺的可能，為臺灣和異議人士發聲。那種基因，難道來自和她緣薄的爸爸嗎？

小時候，她被媽媽帶到日本，很少有爸爸的印象。長大點回到臺灣，被星探發掘，準備將她捧成歌星偶像。她曾想過將來要給爸爸過好日子，有一天在練唱時，經紀人慌張走來，告訴女兒，她爸爸出車禍死了。那首快節奏的歌只練到一半，她心中想著，老天爺啊，這是給我開玩笑吧。那天，成了改變她生命的轉捩點。

從此，她在愛情和婚姻裡闖蕩，一直在尋找一個替代的爸爸形象，但多數人只把她的新聞當作八卦。她只是在孤獨地尋找一個爸爸，卻總是被熱鬧的場景吸引，那裡有很多快樂的男人。當唱起快樂的歌時，快樂其實是種麻醉劑，在古代，曼陀羅花就常被提煉成麻醉藥。也許愛情對她，就如飲下曼陀羅，中了花毒，神智迷濛，出現了幻覺。

後來這個女兒拜仁波切為師，藏傳佛教的思想也影響了她，出現在她的文章內，她說她把所有的責難和那個失去爸爸的少女，所有歡樂和憂傷「像曼陀羅一樣的旋轉」，那個曼陀羅，是藏傳裡「輪圓」和「中心」的意思，但過度旋轉的生命，還會出現眩暈感，覺得自己和一個唱快樂的歌的男人生下一個男孩，自己終究是幸福的。

她在中國發展，拍戲，上節目，但她也常回來臺灣看小孩，「帶著孩子去誠品，看書，喝一杯咖啡，跟孩子討論他最喜愛的動畫，就是我最幸福的時刻。」能夠做多少，這個媽媽就盡量地去做。有些事情，是接到爸爸噩耗那一天後，這個女兒就無緣得到的。譬如，和親愛的人吃灌奶油的泡芙，討論太宰治的小說，說錯了也沒關係，不會每個動作都被當作八卦題材。

今後，她還是會被那種快樂的、帥帥的男人吸引，深藏的記憶某處，「你不知道我爸爸多帥啊。」女兒說，尋找是沒有結束的。在她生命的輪圓，有一株垂下白色花蕾的大花曼陀羅，請記得，曼陀羅花只在夜晚盛開。

人們同時也將注意到這個多面向的女兒，正是育蕾漫長的大花曼陀羅，不同枝條上的花蕾卻同時盛開，女兒不也同時是別人的媽媽、太太甚至是外遇對象嗎?今後所有的有緣和無緣，情盡和情長，都將屬於同一株花。

春不老女兒

這是真的，感覺是真的。

怎麼會發生的啊，她回到昔日的老家，眾生寂寥，媽媽跟她說：「上樓去，給妳那個爸爸上柱香，這麼久沒回來了。」加上一句：「從小過年過節，妳都會給他上香。」所以是真的啊，她分明就記得，白色的棉襪踩在日式的木板，陽光疏涼，只聽見她自己的聲息。她想著自己是貓的爪步，放輕聲音，拉開牌位前的木板門，這個女兒默想：「爸，我來看你了。」

這樣稱呼一個未曾見過面的人，每次，仍讓她睜睜出神。其實，是因為她小時身體差，看醫生也找不到毛病，後來媽媽帶她去看一位命理老師，老師問媽媽：「你有沒有過世的兄弟？」媽媽承認，有個弟弟早年因病過世，那是連女兒也不知道的。命理老師恍然大悟，就說是幽魂糾纏，若將女兒過繼給這個舅舅，也許身體能好轉。

女兒真正的爸爸沒有反對，早年在臺灣鄉間，本就有這樣的習俗，以安撫沒有傳後的故去親人。也只是個簡單的儀式，家裡安奉舅舅的牌位，焚香祭拜，把女兒的名字寫進去。在安靜的閣樓間，媽媽低聲跟她說：「以後妳就多了個爸爸，記得常上來上柱香。」從此，沒有見過面的舅舅變成「爸爸」，她看著牌位上細字寫下她的名字，象徵冥冥間的香火延續，「這樣說吧，」她悠悠冥想：「爸爸也沒有見過我。」

她的身體真的逐漸好轉，考上大學，搬出老家，只有放假才回來，上樓拜拜，那個沉默悄寂的牌位，卻常讓她想起春不老樹，其實，是來自不知誰說過的一句話：「春天是不老的，甚且是不死的，那是春天的承諾。」

那聲神位前的「爸爸」，每次要連叫兩聲，第一聲只是輕輕的試喚，沒有回應，第二聲就像是一種追認，她開始慶幸有著這樣的一個爸爸了。當一個女孩隨著歲月長成為婦人，身材拔高，牌位上的老爸仍不老去或長高，透過積厚的香灰，她感覺一直有一雙望向她的眼神。她常常在「爸爸」前講她的心事，在外面被欺負了，考試成績不理想，和爸媽狠狠吵了一架後，躲在閣樓間，一場逐漸冷去的青春，永遠只容得下一名觀眾。

是祕密吧，在某個天啟般的黃昏，聆聽 Joan Baez 唱的〈Joe Hill〉：「我昨晚夢見 Joe Hill，我說你不是十年前就死了嗎？Joe 說：我永遠不會死。」一個人躲起來哭了一下午。多年後，在士兵洪仲丘案引發的眾人集會裡，熱浪渦卷的愛國東路行道樹下，女兒聽見有大學生拿著吉他彈唱著這首歌，彷佛那個老爸正從她身邊經過，答應晚上帶她去吃甜甜圈那樣的語調：「我不會死，我不會忘記我的承諾。」

春不老是結實累累的樹種，結果著花的時節，每隻從天空飛過的鳥兒，都不曾忘記漿果的飽滿甜美，如同每隻鳥記憶中的春天，像貓一樣的足步走進，感覺是真的，深怕會吵醒睡著的什麼，拉開木板門，燃一柱香，香灰靜寂掉落，時光婉轉，「爸爸，我要結婚了，你要跟我一起去新家嗎？」

靜默的等待，如此的感覺著。

含笑花女兒

憑記憶畫一朵含笑花，並不是難事。只要想著正統的花朵形式，純白或其他的顏色，不然，就想著媽媽笑起來的樣子。

難以捉摸的是那股香氣，除非真的聞過，你沒辦法瞭解那種濃郁的氣味。含笑花是古文詩詞裡挺出風頭的花種，詩人形容它是南方花朵的代表。他們想說的其實是，女人生來就該如此含蓄、端莊嗎？

含笑花是這個女兒，應該說是外孫女對外婆的聯想。以前，她跟媽媽回霧峰北港村，晚上跟外婆睡，外婆的衣物、被單，走到哪裡身上就是那股香味。外婆會把含笑花放進她的衣服，說：「含笑花的香氣是要用體溫去養的。」靠著體溫煨烘，含笑花的香味越加的濃。那時女兒以為，花瓣邊那圈像極少女的紅暈，也會跟著體溫漾開。

但是，活到九十歲的外祖母，絕不會被說成是名含蓄的女性。她是沒有趕上那個時代，只聽媽媽說，外婆有過三段婚姻。第一段以離婚收場，媽媽說：「我也沒有遇上，但聽說是妳外婆主動和丈夫提離婚的。」在那個性別失衡的年代，這樣的事實屬罕見。接著外婆才招贅，在霧峰的大家族裡，年輕的外婆下田耕種，過著刻苦耐勞的生活，她媽媽就是這段婚姻生的。第三段婚姻，則在丈夫去世後，帶著一群孩子嫁到霧峰附近的人家。

她雖然曾和外婆睡在同一張床上，卻沒有聽過外婆提起自己的婚姻。有時候她會想，當這些她統稱為「外公們」的男人都走了以後，外婆最懷念的會是哪一位？含笑花還是在霧峰林間開放，一點也不曾遲疑。

她覺得，她媽媽的個性反而比較接近含笑花，或許和外祖母的個性剛好形成對照組。媽媽認命地活在她自己的婚姻裡，忠於她嫁的那個男人，女兒看見她時，總是穿得齊齊整整，臉上笑臉迎人，雖然有不同意見，也從不頂撞爸爸。「我們這群小孩最喜歡跟媽媽要東要西，因為她幾乎不會說不。」媽媽並沒有用體溫煨含笑花的習慣，不然，用一個女人的一生焙出來的，應該會散發何等的香氣。

在城市裡，怎麼也找不到含笑花的蹤影，但即使在外婆去世後，女兒帶著自己的女兒回到霧峰，也會記得到昔日外婆耕種過的田邊，摘下含笑花，把含笑花放進口袋，貼著體溫，想帶回都市。好像外婆的精魂附在那朵含笑花上，隨著歲月越煨越香。

當自己的女兒問說：「媽，那是什麼花？」將純白的花瓣放進女兒的口袋，紅暈漾開：「這個，就是妳外曾祖母的花。」

洛神花女兒

提起洛神，起初浮出的意象，是從神話走來，繚繞飄渺水面的女神，霧裡眼眸發光，懷著滿腔幽嘆，今生已無緣，來生仍然飄搖。

若是洛神花，則換成不同版本的故事。洛神花別名玫瑰葵、紅花葵，蘊含經濟價值，在廣栽洛神花田的臺東太麻里，又被當成是「紅寶石」。

還有比洛神花更紅豔的嗎？看過洛神花株的人，怎麼能忘得掉那個紅。有個媽媽在太麻里的家裡自己種菜，菜園裡就有幾株洛神花，每到花開，洛神花就是園裡最閃亮的紅，紅得那麼理所當然，紅燦燦的花就像是少女的心頭血。在花東縱谷裡，澄黃的稻浪間，紅和黃同樣讓人難忘。跟隨季節和農夫的採收節律，替換著土地的心事波動。

如果媽媽是黃色飽滿的稻禾，女兒就是紅。紅是讓人心疼的顏色，目見孩子流血總則恐慌驚懼。媽媽不記得第一次看見女兒流血時的情景，卻一直記得第一次帶女兒看眼科的回憶。女兒小時候右眼視力幾乎全無，左眼僅剩一點視力。醫生感嘆，就醫時已過了醫療的黃金期。女兒也是天生的色盲，分辨不出大多數的顏色。那麼小的年紀，唯獨知道園裡的洛神花是紅色的，「紅色。」她如此地向媽媽說著時，媽媽落下激動的淚。如果淚也會有顏色，畢竟也是母女的紅血相通，是鮮血提煉成淚。

媽媽從沒有真的放棄治療女兒眼睛的願望，但從此以後，每到洛神花開時節，媽媽就會帶女兒來園裡看洛神花，「紅色的啊。」女兒回答，這不就早就知道了嗎？媽媽緊跟著說：「每種菜，每朵花都有它的顏色。」那個園圃，是顏色安憩的處所。

讓父母煩心的，卻是這個女兒的教育路程。從上小學後，學校和老師就百般主張，要女兒去讀特教班。女兒有骨氣，她是洛神花那種不妥協退讓的紅，色譜裡最堅強的向度。女兒從不放棄往上讀的意志，要跟別人證明她的能力。她以僅剩的視力，勇敢闖越每個人生關卡。媽媽看在眼裡，知道女兒的心性，是太麻里遍地的紅花，洛神般的意志。

還未開花前，洛神連葉子也是酸的，鳥類和昆蟲不會來吃，也因而保留著整株花的完整，但女兒的意志，不也是想圖個完完整整的人生嗎？她原先以為自己得到的僅是沒人靠近的宿命，後來，她從臺東北上臺北，在東區的狹窄防火巷租下一間店，其實，只是幾坪大的空間。她靠賣茶和果汁，在競爭激烈的東區擁有小小名氣，她的洛神花蜜汁是顧客間有名的，極受上班族和女性顧客的喜愛。每到下午時段，顧客從附近的辦公大樓群湧而出，要來嘗女兒親手做的洛神花蜜。洛神花是爸媽特地從臺東家鄉透過管道送來的，用鮮豔的，彷彿把花榨出血來那般的汁液，融合蜂蜜和糖。喝過的人忘不掉那種滋味，正如目見洛神花的人，從此記得那個紅，再也無法把眼睛轉開，紅變成了他們的生命的一部分。離開臺東土地的洛神花，在遙遠的臺北，經過一個女兒的手，延續著它的傲氣和顏色。

誰能真的忘記洛神花，像命運的紅，像土地的輸血，也像一個媽媽的愛。洛神的滿腔幽嘆加進了糖蜜，如女兒向媽媽傾訴今生的緣分，我們畢竟有緣才做了母女，一飲而盡。

蘋婆花女兒

位於臺南孔廟前巷內的永華宮，祭祀國姓爺鄭成功的軍師陳永華，是十八世紀流傳至今的古廟。不知何時，廟前民舍前種著一棵蘋婆樹。

也許，當地的居民就會知道，蘋婆樹是何時種下的。也許，住在同一條巷內的這位媽媽就知道。每到玉皇大帝誕辰，媽媽會自己做紅龜粿去拜天公。媽媽說，這樣拜拜方顯得誠心，才得神明庇佑。

女兒的本事其實跟媽媽很合，她生來愛吃紅龜粿，尤其是媽媽親手做的。一大早，媽媽忙著磨糯米漿，瀝乾水分，加入紅花米，這些厚工的事女兒全插不上手，她最喜歡把米漿拍在粿印上，每塊粿都發出啪的聲響。對於女兒，媽媽發出天底下媽媽都有的無奈感嘆：「手藝一代代失傳了。」忍不住數落：「我年輕時女孩子不會做紅龜粿，上不了神明桌，就嫁不出去。」女兒的嘴巴塞滿粿，甜甜的紅豆餡，「大不了不嫁，這是男人的損失喔。」媽媽說：「我看是造福。」

有一個手續是女兒做的，最後，媽媽要她去摘蘋婆樹葉片，托在印著福祿壽的紅龜粿上，女兒很是得意，她總算參與了天公的祭拜。直到上國中，聽歷史老師談到陳永華，第一個反應就是彷彿還留在嘴裡的，那抹紅龜粿的甜味。當然還有她怎樣也不會認錯的，那掌心大的蘋婆葉。

蘋婆長的果實又稱鳳眼果，莢殼內兩顆骨碌碌的，不知是哪個父母想起女兒眼瞳脫口而出的美名。媽媽就說女兒的眼睛瞇起來就是一對鳳眼，還沒有熟透的掛在樹枝間。女兒瞇起眼說：「所以啊，我說如果我嫁不出去，是男人的損失嘛。」

那一年，天公生日快到了，媽媽身體不舒服，卻掛念做紅龜粿的傳統。女兒安慰媽媽，她難得這麼體貼過：「別擔心，包在我身上。」不過，媽媽還是放不下心，幸好臺南大家族的姑姑婆婆阿姨一起來幫忙磨米、生火，一個大米籠就跟以前一樣在巷內散發出甜甜的香氣，在臺南，即使歲月流逝，蘋婆樹還是高高長著的。熱騰騰的紅龜粿一個個擺上桌，女兒說：「等一下，還有一個最後的手續。」一出門，走到永華宮前摘下幾片蘋婆葉，綠意盎然的葉片，就是神明給這個女兒的祝福。女兒獻上紅龜粿，在天公前默禱：「請保佑媽媽的病早點好起來。」

也許到頭來沒有人記得，永華宮前的蘋婆樹何時就在了，反正它就是在，就像兒女睜開眼睛時已找到了父母的注目。那棵樹上結滿了許許多多的眼睛，隨時注目著人間情熱。

孤挺花女兒

明年就將滿百年，這所臺南的高中，在臺北的中華路開了一場跨世代的同學會。宴席結束於大合照，銀髮斑白的老人家如聖誕樹，紛亂間講究禮讓，望著年輕的三十世代，沒有人要坐在代表年歲的坐席。

攝影師只好唱名：「這樣吧，六十年前畢業，現在八十歲的同學請出列，先坐下。」也許是聽到「同學」這聲叫喚，幾名「老同學」開心笑著，只得坐下。接著是七十歲、六十歲世代，出列，像稻苗插秧，排列在攝影師面前。

女兒卻不知該隨爸爸加入六十世代這一排，還是，等著更年輕一群的唱名。爸爸站在六十歲這一群仍顯得高挺，從眾人的肩膀探出一顆頭。女兒看著爸爸後腦的一片銀白，如冬日的潮浪泡沫。

少數幾個來參加同學會的女生裡，女兒也比同伴高出一個頭，這是爸爸的基因在女兒的身高復活。女兒國中時，當她身高像突然竄起的天際線，爸爸稱她是「孤挺花」。女兒始終就是一株擎立的孤挺花，蕊心突出於花瓣，說的其實也是她的個性，她總是默默揹著畫架，帶著畫筆，前往寫生的地點。在一個以男生為傳統主流的高中裡，讀美術實驗班的女兒走在校園的背影遮住她的畫架，紅樓凝固為陽光下的一抹赭紅，藏著許多熱情和慾望。女兒總是知道，從紅樓傳過來眾多靜默的瞥視。

這所高中，明年就將擁有百年歷史了。女兒卻不知道，她該記得這是爸爸的母校，還是她的？

當她還只有十六歲，前途滿布茫茫白霧時，女兒陪爸爸散步，路途的終點就走到臺南公園旁的這所高中。爸爸跟女兒說起一排像站哨兵的棕櫚樹後的校門，「那個校門口不知何時換了方位，但紅樓還在，紅樓一直都在。」爸爸說。四十年前他來讀這所學校時，一見到紅樓，忍不住想著紅樓何時就在了，如同歷史的一片絳紅屏風，許多揮霍青春的石刻畫。

爸爸和女兒的行走從住家的水交社出發，走南門路，爸爸一直說以前這裡有一座日本人建的神社，女兒卻毫無印象。「怎麼會有印象，」爸爸說，「妳又還沒有出生。」走到昔日的臺南監獄，女兒等著爸爸從記憶裡回過神來。「我少年時在監獄的高牆外，看到犯人戴著腳鐐出來放風，面貌清秀的少年家，默默望著我。」爸爸始終忘不了那一幕，那也是用力極深的石刻畫，每道線條異常鮮明。他的青春耗擲在對高牆內的好奇，那是女兒沒有經歷過的白色恐怖時代。

女兒並沒有在那所高中內，經歷過青春如窒息般的苦悶，她的青春是一隻白色的鴿子，會從歲月的隙縫撲翅飛出，驚動了所有觀看的人。往後的歲月，女兒倒常常畫孤挺花，冷得如同冰凍的藍調，孤挺花的紫色微微發寒，在紅樓邊向女兒微笑：「我將會記得妳的美好和孤獨。」

攝影師繼續唱名，輪到二十歲世代。這所高中剛誕生的畢業生，眼睛仍然發熱，青春還在保固期，他們挨在最後一排，在女兒的背後，「我去年才畢業，現在念大二。」小聲的自我介紹，「妳是美術班的學姊吧，學校好像只收過妳們這班女生。」「小學弟，你好。」女兒和在更前排的爸爸一起回應。

有那麼一瞬間，爸爸想回頭看看這名小學弟，也許是想無意間尋找自己當年的影子。但下一秒鐘所有的同學對著攝影師，對著他們自己的歲月笑著，鎂光燈一亮而暗下。

鳳凰花女兒

要是在夏天前來到臺南，問起臺南的顏色，忘不了是滿城的紅。從鳳凰樹上的火紅，到古厝屋瓦的赭紅，也是一個女兒記得的顏色。

從中山公園往西走，還不到西門路，有一家一開就已三十年的鹹粥店。當初鹹粥店是爸爸創的業，女兒還小，卻記得凌晨三點睡眼惺忪，跟爸爸到安南區的魚塭載虱目魚，回來看師傅俐落剖肚。

爸媽只有她這個女兒，從小，附近的公園就是女兒的遊樂場，乖巧的女孩和頑皮的男生都來到這裡，都將鳳凰樹納入遊戲素材。女孩做蝴蝶，男孩掄起乾枯的莢果，想像成寶劍追來打在她身上就是疼。每次，都得靠爸爸來解圍，鳳凰樹影下，爸爸才是女兒眼中真正的俠士。

女兒出世後，長有十一根指頭，左手小指末還冒出一節骨頭。女兒一直覺得自卑，但爸爸要女兒相信，這樣也是美的，「多人一根指頭，剖魚肚的速度更快。」有一回，爸爸用鳳凰花替女兒做蝴蝶，每個臺南兒女都有的回憶，火紅的花瓣是蝶翼，花萼是蝶身，花絲則當作蝴蝶的觸鬚，每朵鳳凰花就是一隻蝴蝶。爸爸做的那隻蝴蝶，多加了一條花絲，說：「這就是我女兒的蝴蝶，多漂亮啊。」她知道這是爸爸的善意安慰，同伴的怪異眼神卻常要她相信另一種故事版本，她收下了花做的蝴蝶，那朵鳳凰花沒有留到日後，那天，就被遺落在公園的深處。

女兒還是覺得自己醜，沒人愛，才不是蝴蝶，這種感覺伴她長大，像藏在莢果裡的種子，從青綠轉為乾褐。她四十多歲時父親去世，從此每當走過盛開的鳳凰樹，仍悄悄懷念起爸爸的善意。

臺南古都的鳳凰火紅風景，其實是歷史的陰錯陽差。當初，日本學者到非洲考察，尋找改善甘蔗病蟲害的方法時，意外發現艷麗的鳳凰樹，才在十九世紀引進臺灣種植。許多事物往往就是這樣的奇妙因果，譬如，一個十一根手指頭的女兒怎麼也沒想到，她會繼承下爸爸的鹹粥店，那家店還是沿用爸爸的綽號當作店名，如夏季前也忠誠開放的鳳凰樹。

一直單身的她維持著爸爸創下的習慣，親自在凌晨三點去魚塭載虱目魚，凌晨五點，早起的臺南人就可吃到她爸爸傳下的味道，一點也沒有變。現在，她有很多次的機會知道，是不是就像爸爸講的，多一根指頭剖起魚肚的速度就較快，對於答案，她始終笑而不答。在臺南公園過去再溜下一個坡，在爸爸已經看不見的地方，傳下他的名字，女兒仍像蝴蝶一樣的飛舞。

洋甘菊女兒

在看得見飛行傘平臺的屏東鄉間，幾年前還有座小規模的養雞場，由年輕的夫妻經營，日子還過得下去，但女兒的出世改變了他們熟悉的一切。

滿周歲，女兒出現皮膚炎症狀，從臉到腳爬滿紅疹，那種癢，是還不會說話的女兒所不能忍受的。夫妻倆常在半夜抱著號哭的女兒，還曾開車去掛急診。醫生問了他們家的環境，認為養雞可能就是過敏原。

決定做得很快，女兒一歲前，他們家不再養雞，經過消毒，整頓環境。有醫生建議，要常用天然的香皂替女兒洗澡，這就變成了媽媽的定期功課。女兒的紅疹伴隨著爸媽的煎熬和焦慮，當她長出意識，能夠說話了，會跟媽媽抱怨身上的紅腫癢。媽媽記得也試過各種品牌的天然香皂，但多半摻有香精和香料，皮膚炎並沒有好轉的跡象。後來，也是一名醫生的建議，用洋甘菊給女兒泡澡，發現效果不錯，皮膚炎症狀大幅的減輕。媽媽接著學會用洋甘菊，自己在家做純的香皂。

有親友知道這件事，他們家的小孩也有皮膚過敏的問題，就來跟媽媽要香皂。當需求量大了以後，他們乾脆自製天然香皂，當作了一份工作來經營。現在，屏東的這家小香皂店，也在網路上打響了名號，原先，出自一個媽媽要給女兒最純的，這麼純粹的心意。

媽媽在部落格上分享自己的經驗：「當女兒病情發作的那段時期，我們根本沒有心情，也沒有空留下文字紀錄，但現在，我希望我們心得可以幫助到更多的父母和孩子。」部落格的首頁，就放著一張洋甘菊的照片，傳說洋甘菊是奉獻給太陽神的，是最白色的花蕊，像是最純潔的女兒在月色下起舞。媽媽寫下洋甘菊的花語：苦難中的力量。這樣，勉勵著其他相同遭遇的親子。

洋甘菊向來被稱為「草木的醫生」，遠古前，人們發現洋甘菊旁的草木特別茂盛，不容易生病，經過試驗，確定洋甘菊的療效。或許，從那麼早的時候，就有個媽媽為了女兒的病摘下這朵白花，許多藥草都是經過很多遍的尋找和嘗試才找到療效的，洋甘菊的心意，到底是媽媽，還是女兒？

為了治女兒的病，發展出了這番事業，從洋甘菊擴展到其他種類的藥皂和香皂。媽媽說：「如果可以選擇，我寧可女兒好好的，也不要擁有這種事業。」現在，媽媽還是會為女兒放一缸洗澡水，在熱騰騰的蒸氣間洋甘菊散發獨特的深藍色澤，香皂上留下媽媽的指紋。

在看得見飛行傘平臺的屏東鄉間，這對母女的下一個願望是，女兒十六歲生日那天，一起去搭飛行傘。

油菜花女兒

約莫是稻作休耕前一個月，鄉公所發給每戶油菜花的種子，在稻穀收成後灑進土壤，當作綠肥植物。明年，稻米生長時就能吸收油菜的養分，這是土地生養之道。

每年十二月到隔年的一、二月，盛開金黃的油菜花田，是花東縱谷著名的風景。幾年前，鄉裡還有一間電影院，由老畫師調油彩繪製看板，懸掛戲院門口，一幅幅搬演忠孝節義、愛恨恩仇。畫師的女兒記得，小學放學，她在戲院後方看著爸爸畫看板，她記憶裡的爸爸，渾身是油漆味道。最讓女兒高興的是，爸爸偶而放她進戲院，看一場免費的電影。

當電影院敵不過蕭條生意，步上結束之路後，爸爸說他年紀大了，沒辦法再回去種田。但女兒仍記得，和爸爸一起向田裡灑油菜花的種子，油菜花極易生長，不需要特別照料，需要的只是一些些的時間，像花東縱谷長大的孩子。當一朵朵小黃花長出時，就許以滿山遍野的金黃。女兒望著爸爸已顯蒼邁的身影，那雙手曾經流出無數瑰麗的色彩。

爸爸不習慣和女兒敍說故事，卻難免無奈感嘆，在鄉裡一個老畫師已無用武之地。女兒心想，爸爸就像是一畝休耕的稻田，不知道其他的女兒是否也這樣看待她們退休的老爸？

鄉裡有許多事物步上遺棄的命運，開始有廢棄的米廠和無人耕種的田地，年輕人都到都市去了，留下的鄉人亟思轉型的機會。有一天，昔日的米廠老闆來找老爸爸，要他負責彩繪米倉的牆壁，準備轉型做觀光。老爸眼睛一亮：「要畫些什麼？」老闆說：「你覺得人們對稻米應該知道些什麼，就畫什麼吧。」

接下來幾個月，爸爸接下這個工作。女兒看爸爸又在油彩和調色盤間忙碌，深陷皺紋的眼神重新發光，就為老爸感到高興。米倉牆壁就是老爸的畫板，一幅幅畫出稻作的四季，播種、發芽、秋收，到了冬天，畫刷一揮，畫出了金黃的油菜花田，田中央，畫了一個老爸和女兒在播灑種子，那是他們共有的回憶。壁畫完成，米廠老闆問：「你最喜歡哪一幅？」老爸不假思索就說：「冬天的油菜花田。」兩個彼此跟從的身影，期許著金黃的心意，老爸的千言萬語，留在牆壁上了。女兒在米廠負責解說，她總會要遊客欣賞背後的壁畫，雖然，從沒有人認出，她也被畫在牆壁的某個角落。

休耕，只是為了另一季的豐收。只要土地還在，種子就會長大，人生總會存著希望。十二月的油菜花田，伴隨著轉型的觀光米倉，如此地向遊客表白。

黃玫瑰女兒

顧爸和顧媽創了「洛史團」，最早，是要帶兩個女兒和其他病種的孩子、父母出遊，去看世界。

很多人真的，真的走不出來，忘記了這個世界有多麼廣闊。當孩子發病，醫療成為生活的重心，父母守著孩子的疾病，像守著碉堡，別人進不來，卻也阻擋了自己的出路。他們不知道，戰爭或許已經結束，父母和兒女可以獲得更大的自由。顧爸和顧媽起先帶著穿步行輔助器的女兒走出碉堡，和一群人去爬七星山。他們把那座山當成槍林彈雨的高地，要用自己的步伐攻上山頭。任務聽來簡單，卻是他們的艱難挑戰，簡稱為「D-day」。

登山那天，有場颱風來襲，這在臺灣夏天一點也不稀奇，一行人卻猶豫著：「那還要去嗎？」顧爸看著這群坐輪椅、持拐杖、綁帶、呼吸器的團體，發下豪語：「就是落屎（請用臺語發音）也要去。」此時雷破天驚（颱風徵兆），團名正式底定。

不過，「落屎團」怎麼都不雅「聽」，人家顧爸可是飽讀經書的，就改名為「洛史團」，還做了襯衫，只差沒去向內政部登記。在黃色襯衫上印有英文團名：「Rose Group」。

「洛史團」其實不僅遊山玩水，最近，一群父母也迷上地板滾球，這是由腦麻組織倡導的簡單運動，可訓練孩子手腳並用，讓球滾向目標，然後父母和孩子一起響起歡呼。

身為顧爸的女兒，吃飯可以忘記，每天卻不能忘記做復健。爸爸會百般叮嚀，親自督導。小時候，爸爸和兩個女兒打地鋪，女兒躺在床墊上，由爸爸壓著腳，口令：「抬腳，用力，一，二，三」，次數如此頻繁，女兒連作夢都念得出這道口令。

爸媽選擇跟女兒說真話。女兒知道，雖然目前情況還好，還能在黃昏陪父親走上一段路，將來，卻有可能逃不掉坐輪椅的命運。他們要趁還能走路時，一起去做很多事情，去爬每座爬得上去的山，最高的目標鎖定玉山。有了這麼長遠的目標，女兒答應爸爸，抓緊時間做復健，多到外頭走路。

有一天，顧爸顧媽穿著黃襯衫上電視節目，有人說：「你們是一對黃玫瑰父母，女兒是黃玫瑰女兒囉。」也對啦，顧爸心裡隱藏著一個小小的想法，他要看心愛的女兒披上白紗，捧著用鳳尾草紮住的黃玫瑰，由爸爸的手牽著，女兒用自己的腳步迎向另一個男人。

心中響起了齊豫唱的那首〈祝福〉：「黃玫瑰將她緊緊擁抱，緊緊擁抱」，接下來一句：「走進禮堂。」啊，洛史團的終極任務，真的，就算落屎也要達到。

梅花女兒

在區公所等待叫號，戶政人員對著女兒微笑：「請問要辦什麼業務？」女兒說：「遷戶口，我爸爸的。」說完這句話，女兒不由得感傷起來。

爸爸要遷戶口了。從住了五十年的老家遷到女兒和老公的新家，那也曾是女兒唯一的家。當年，爸爸跟著軍隊來臺，眼看回不去了，花了五萬元買下這間十幾坪的平房。她和哥哥就在這間屋子長大，讀書，她總記得鄰居包水餃和炒菜的香味，最難忍有人吃起臭豆腐和泡菜。後來她離開家，住過學校宿舍，也租過房子，偶爾也會想起五味雜陳的家鄉味，來自大片陸地，卻擠在這塊島嶼的一角。

那時家門只是單扇的，藍漆的木板門，隔不開外頭的噪音，但爸爸將他的襟章釘在內門，所以每天出門，女兒就會看見爸爸配戴過的「梅花」。梅花不僅象徵爸爸擁有過的軍階，也是兒女們心中的榮譽，屬於爸爸年代的圖騰。

多年後，老家卻變成了違建戶。官府要這個社區的住民歸還土地，社區發動抗爭，女兒和哥哥已搬離老家，媽媽也不在了，只有老爸堅持住著，那是他用自己的錢買的，爸爸跟女兒說：「我要替你們守著梅花。」

氣氛演變得越來越詭異，官府派來的怪手肆無忌憚地堵在社區入口，學生和社團揚言要「守到最後一磚一瓦」，像是老爸當年在長江下游那場戰役的口號，這是一個軍人老後的決戰嗎？但女兒和哥哥回到老家，說什麼也要把老爸帶離老家。那天，女兒看著老家的最後一眼，只來得及重新溫習那朵梅花，幾天後，拆除拂曉展開，老家和記憶夷為平地。

老爸在新家有一個自己的房間，跟老家差不多大，黃昏時，女兒陪伴老爸到中正紀念堂散步，離老家不遠，每次走著，老爸就異常的沉默。新家靠著杭州南路的路口，有一面落地窗，平常拉起窗簾，遮掩外頭的窺探，女兒特意擺著一個梅花的盆栽，清香撲鼻的堅毅象徵，女兒想著：「也許梅花最適合形容老爸這樣的軍人性格。」她也不敢跟老爸這樣提起，那個梅花襟章，終究毀於怪手的侵襲，但一盆梅花以俊秀的姿勢，連結遙遠的親情，傲然面對一切的不公義。

在區公所，繳過費，再等一會，女兒就領到一張新的戶籍謄本，裡面有四個名字，終於，老爸又跟女兒住在同一個屋簷下了，一個新的家。沒辦法真的遷走的是那個家的感覺和回憶，曾經在藍門和磚牆間，香味和臭味雜陳，曾經以為安置的一個時代。

百香果女兒

孩子們都叫他周爸，當然，女兒也這樣叫他。

也許不能稱他是候鳥，當年，在臺北做生意的爸爸回到臺東，是為了彌補與孩子的感情疏離，挽救瀕臨破裂的家庭。這個爸爸覺得，家鄉的溫泉既可療癒傷口，也可復原父女關係。在臺北的生活，時間的慣性宰制力大過人的意志，他和女兒只像是三個各自運轉的星球，軌道在晚間交疊，有如《冥王星的早餐》那部小說般荒涼的生活著。回到臺東，女兒們便日日夜夜可見到父親。

然而，回到臺東，才只是故事的開始。他發現在臺東，父母常外出工作，家中只剩孩子和年長的上一代，隔代教養的後遺症異常嚴重，孩子放學後在外頭遊蕩，無所事事，揮霍寶貴青春。除了自己的女兒外，他想幫助更多家鄉的孩子，開始聚攏關懷的力量，安排課輔，自己編教材，他們也組鼓隊、樂團、單車隊，近年開創有機農業，用書屋聯合部落和社區，給家鄉孩子一個有希望的明天。一開始是艱辛的汗水，他有時會帶著女兒，四處去拜訪家庭，要孩子們來上課，不喜歡讀書的，在書屋裡也可習到其他的才藝。單車隊的長征，則是親子間耐力和毅力的考驗。

女兒會如何記憶這個投入工作的爸爸呢？會記得在家裡陪伴她們的大男人，還是在臺東黃昏後的鐵皮屋下對著一群孩子講課的那個周爸？

臺東有大片的土地，有颱風時暴漲成災的卑南溪，也遇到典型的土地開發問題。然而，就在這裡，人的努力讓希望的養分汩汩湧來。幾年前，女兒和爸爸一起種下百香果，澆溉，看著百香果日日茁壯。種下一棵百香果，那是一個父親和女兒參與的神聖儀式。百香果也回報以熱情和繽紛的顏色。

百香果原產自南美，西班牙的傳教士初見此果的花朵有如十字架，柱頭上三個分裂有如釘在耶穌身上的三根釘，而花斑也像是耶穌出血的傷痕，就將此花稱為「受難花」。

當然，爸爸絕不會將自己返鄉的路途稱為「受難」，但那是一個父親的承擔，當花流血後，果子異常甜美，在家鄉像百香果那樣的開花結果。當年，若不是他決定返鄉，繼續讓女兒們浸泡在父母婚姻破裂的陰影裡，十年後，也許他們只會是一個城市非常典型的，疏離的，冥王星式的受難家庭。總有人要扛起十字架，走那段受難的蔭谷，戴著荊棘的冠冕，並且甘願在島嶼的一角成為「孩子王」。

當花朵流血，果子異常甜美，要不要把當代臺灣的父母和兒女們，也說成是一場百香果的豐收？

茄苳樹女兒

最初的心意，是天地間的寄靠，是一場遠方樹下的舞蹈，輕的只可能是黃最初做過的夢。

那來的舞和音樂？他趴在報社的完稿桌校稿時，常以為他聽見了音樂，甜甜的聲音傳進意識。新婚的妻子秋玲在另一個版當美編，版面各擁天地，只在接近落版時，阿初起身泡一杯咖啡，不經意地和秋玲打個照面，也是甜甜的。

他們生下一個女兒，長得像秋玲。取名時，阿初說：「那就叫做最中，怎麼樣？」

秋玲大大搖頭：「那不是一種和果子嗎，不好聽。」

阿初說：「我看到女兒，就覺得好甜，取這個名字恰到好處。」

秋玲還是大表反對：「那有父女名字的第一個字都一樣的，別人還以為你們是兄妹。」最後取了一個嫻淑秀麗的名字。女兒小時候，阿初還是叫她「最中」，夢想著女兒長大後，十七歲了，帶她去京都的清水寺參拜，吃和果子。

女兒還小時，夫妻都在報社工作，忙起來，阿初常用條毛巾包著女兒，繼續編他負責的「宗教物語」版，阿初向教會、佛教教團、宮廟廣發邀稿信，發現連神祕的耆那教和摩門教，在臺灣也有頗多信眾。他把女兒抱在胸前，女兒哭鬧，雙手揮舞，就擾亂了原本各宗教的神聖順序，像闖進了宇宙的小魔女，眼淚鼻涕糊在神佛菩薩和耶和華的名號上，阿初抓住女兒的小手，輕嗔：「妳好大的膽子。」

阿初還不知道，幾個月後這家報社就將停刊，他雖然編宗教版，卻沒有先知預見的神通，照常過了午後就進報社，報社掛滿抗議資方的布條，阿初一頭鑽進了喜樂充滿和福報的宗教世界，以為編好了這個版，菩薩和上帝就會降臨賜福。在版面的一個角落，是阿初的小小祭壇，他從沒有告訴別人，以為這樣他的心意就不會應驗。他寫下幾句感想，敬拜虛空無盡藏經過的先知和眾神。

做為知識分子的阿初，年輕時喜歡讀沙特和齊克果，他一直以為自己是個無神論者，卻是這樣的人輪到來編「宗教物語」版。晚秋，報社關門的情勢已定，記者和編輯紛紛求去，有如希伯來神殿在末王時代的傾廢。編言論版的賢秀來跟阿初道別，「黃最初啊，現在已經是最後了，你還不走嗎？」

阿初從稿件中抬起頭，在顯得不夠明亮的照射裡，尤勃連納式的光頭閃耀光芒，問道：「你不是要幫我寫一篇玫瑰經嗎？什麼時候交稿？」

賢秀勉強一笑，心想這個傻子，像個喀爾文教徒，如此的相信著自己的工作和神意的連結，但賢秀隱隱覺得，也許阿初才是對的，改口答道：「我保證，等我搞清楚玫瑰經的內容，我會來幫你寫的。」說完，就走向報社外的蒼蒼暮色。

報紙停刊後，阿初和秋玲帶著女兒回到高雄。那是阿初的老家，人在徬徨無措時，往往就先想到老家。阿初在高雄的小報社找到了編輯工作，兩年後報社仍不敵網路的興起，同樣決定停刊。人過中年，已再無回頭路，阿初想起他以前刊登過的一篇文章，提到使徒保羅前往羅馬傳教的道路，用同樣的問號跟秋玲說：「怎麼辦，我們要怎樣再走下去？」那時女兒已是進小學的年紀，必須落籍、定居，不能再過流浪的日子。

秋玲提議：「我們來開咖啡館吧，其實並不會太難。」於是，中年轉業的夫妻就在鄰近聖母聖殿的街道旁開張了咖啡店，阿初拿出他所有積蓄，購買設備和咖啡豆，他們取名為「天國咖啡店」，還在離教堂不遠處立了個招牌：「天國近了，就在前方五十公尺。」他們推出「聖母咖啡」，其實是溫和的曼特寧加上一片玫瑰花瓣，也有「耶穌咖啡」和口味非常重非常苦的「撒旦咖啡」，是特意進口的爪哇咖啡，其中，又以「撒旦咖啡」賣得最好，阿初心想，會不是信徒都想試試能否禁得起魔鬼的試煉，但續杯的也大有人在。

曾有教友上門，指著阿初數落：「你不可用主的名字來賺錢，這是褻瀆。」連吼了十五分鐘還不停息，阿初趕緊出來跟這位教友說：「我會懺悔的，是不是讓我請你喝一杯咖啡，消消火氣。」接著阿初保證，以後星期天會去教堂望彌撒，贖他的罪。

阿初一直以為他是名無神論者。後來他常和女兒前往聖母聖殿，從清朝那個皇帝留下的賜旨碑下走進神的疆界。其實，最初還是女兒帶著阿初進來。女兒如前領的彩衣衛隊，一個拿號角的小天使，帶著阿初觀看八角壇和玫瑰型的窗櫺，停留在聖柱前，細塵染上色彩在眼前輕舞，旋轉，阿初卻想起佛經裡的「天女散花」。「蘇菲教派的旋轉舞，應該就是這個樣子？」真的，女兒就在這時說：「爸爸，我想在教堂裡跳一支舞。」那年，她已經十五歲了，輕盈的身影像是可以把人生跳成一支舞。阿初輕聲說道：「噓，在教堂裡小聲點，我們到外頭再跳。」

外頭，南方的陽光溫和，照亮一切人間的顏色。在哥德式的塔樓邊，長著一棵綠意盎然的茄苳樹，高大的樹影就像一座綠色的聖壇，籠蓋著這對父女，多年後，阿初知道，那就是聖母的慈愛眼神。那天，風輕輕地吹著，阿初又聽見了音樂，甜甜的傳進意識，他的女兒開始跳起一支舞。

在風中，傳來了使徒的清唱。灰袍的神父現身，也許已靜靜觀賞了一會，跟阿初微笑點頭，轉向女兒說道：「孩子，星期四的早上妳能來嗎，我們會唱誦『玫瑰經』的「光明五端」，很適合妳的。」

女兒停止舞步，默不作聲，阿初回答：「星期四早上不行，她有課。」

「喔，」神父露出了真心的笑容，攤開雙手手掌：「或許星期六晚上也可以啊，只要你們能來，聖母永遠歡迎你們。」

阿初一直沒有去教堂望彌撒，星期天，咖啡店的生意正好，可能信徒們都想在星期天得到救贖，或者淺嚐罪惡的滋味。阿初常在教堂外遇見神父，神父淺淺微笑，欲言又止，終究看著阿初匆匆行遠的身影，阿初經過聖母殿前，他以為自己聽見一段音樂。

女兒快滿十七歲時，在學校暈倒，急忙送往醫院。阿初接到通知時，正在調一杯撒旦咖啡，他帶著一身沾滿誘惑的香氣趕去醫院。醫生說女兒的腦血管裡有個瘤爆裂，情況很不樂觀，阿初和秋玲展開陪伴和照顧，他們能做的事不多，惟有等待神蹟。是的，一直以為自己是無神論的阿初這時最先想的，就是印象模糊的救贖。

為了這場突如其來的疾病，咖啡店暫時歇業，讓耶穌、聖母和撒旦各自返回祭壇。那時，阿初時常走進聖母聖殿，跪在聖母前默默的祈禱，希望，一個父親的心意觸動聖母垂憐。

然而，女兒的情況越來越不好，阿初和秋玲得開始為後事作準備，那顆瘤爆開後的血液竄流在意識底層，淹沒了生命的意志和指望。最後的時刻來到，阿初和秋玲長期守在病榻前陪伴女兒，女兒掙扎地睜開雙眼，想看清楚這兩個賦給她短暫生命，將她帶到世界的人，她說了一段話。

「什麼？」阿初儘量的靠過去，他想聽清楚女兒說的。

雖然意思模糊，阿初聽見女兒說的是：「這就是我所說的，那在我以後來的，成了在我以前的，因他原先我而有。」

女兒去世後，阿初回到教堂，跟神父說了這段話，有個聲音告訴他，神父應該會懂女兒的意思。「啊。」神父悲鳴，落下眼淚，「我可憐的孩子。」

阿初低聲問道：「我女兒後來有來上『玫瑰經』嗎？」

神父看著這名父親，輕輕點頭，「她始終是我見過最虔誠，資質也最好的學生。」臉孔仍掩不住濃濃的哀傷，「那是若翰為耶穌作證的呼喊。每次她來，會跟著我們唱誦一百零八遍。」那時，阿初彷彿看見神聖的鴿子撲翅從天降下，在聖壇邊陪伴著聖母，阿初也看見了一場密密的玫瑰花雨。

秋玲在咖啡店佈置一面牆壁，讓女兒的同學、老師和認識她的顧客寫下懷念和不捨，一個短暫生命發出的光芒，這是最後的心意，阿初決定將咖啡名稱改成「祝福」、「關心」和「慈愛」，取名「慈愛」的咖啡仍用溫和的曼特寧加上一片玫瑰花瓣。阿初不知從哪裡得來的印象，總覺得女兒最喜愛的就是玫瑰花瓣，他每調一杯「慈愛」咖啡，都會想起女兒。

夫妻倆前往旗山的深水山墓園區，參觀樹葬的儀式。他們看見一場進行的法事，已是最後的時刻，眾人在法師的帶領下，圍繞一棵菩提樹，在樹影和天空覆蓋下將骨灰罈埋進土壤裡。阿初心想，這應該是女兒會想要的，從今以後，那在她以後的，都將變成以前。

什麼是最初？這個陪伴著阿初，由他父親賜下的名字，以後的人會如何的記憶和詮釋呢？最初的心意，開天闢地時的一聲吶喊，人類有過的所有心念，一朵玫瑰花的盛開和轉瞬的凋謝，使徒朝聖的長久跋涉，在聖壇前跪拜，後來，全都會是阿初活著的依靠。

女兒的告別式那天，神父和幾名教堂的姐妹一起出席，他們為女兒唱誦阿初並不知曉的詩文。秋玲的娘家想用佛教儀式，阿初當下的意見是：「這樣會不會讓女兒無所適從？」後來，還是從秋玲的家鄉請來了一名法師，緊跟在唱詩後，燃香，也唸了一段阿初不知曉的經文。法師附在阿初耳邊說：「要你女兒記得，跟著阿彌陀佛走喔。」

走吧，走向發散微光之處。火化後，女兒的骨灰裝在一只阿里山茶葉罐裡，由阿初捧著獨生女的骨灰，從火葬場坐上車，前往有拱型窗櫺和玫瑰花窗的殿堂，前往陽光舞動細塵，聖母凝視的教堂邊。灰袍神父張開雙手迎接女兒，「孩子，來吧，這是妳安睡的地方。」依照時辰，阿初將骨灰灑在茄苳樹下，但那來的舞和音樂？阿初憶起他很久以前做過的夢，原來，那就是神的揭示，一個冥冥中的預言。

幾年後，阿初和秋玲收起「天國咖啡店」，返回人間。秋玲做起網購精油，阿初在市政府找到雜誌編輯的工作，介紹高雄的人文和景觀。秋玲用女兒的名字給玫瑰精油取名，在部落格寫下女兒的故事，短暫的生命如同隔夜前遺留的玫瑰香氣。阿初將另一款精油命名為「最中」，那是他對女兒最初也最終的印刻，甜甜的，加入乳油香和蜂蜜。沒有了玫瑰，一樣還有人生。

下一期的雜誌，要介紹高雄的教堂。阿初習慣在網路徵文，尋求鄉民對高雄教堂的感想和遊記。這天，沒有預兆的，進來一個阿初熟悉的名字：「黃最初啊，別來可好？賢秀。」十多年前的報社同事，如同隔世後又從靜靜的水面浮出一張臉孔。賢秀說他回到臺東，在原住民社區的學校教書，跟著當地的族人信了天主教。往事尚待重溫，筆鋒一轉：「黃最初啊，你還要那篇『玫瑰經』的稿嗎？」

略略停留，怔望這幾行字，落下父親的淚。往事是陽光鼎盛時在一棵樹下的獨舞，阿初繼續打進一行字，來自他讀過的「光明五端」：「因為他治好了許多人，所以，凡有病的都向他湧來。」

最初，聖母的垂憐，天地最初的一道曙光，在網路那頭傳進來的字句：「黃最初啊，我知道了，那在你以後的，已經回到了以前。」

最初，原來是一個循環的開端。這個叫阿初的男人，清楚看見女兒向他舞來。

含羞草女兒

紐約的熱鬧街頭，塗上鮮紅口紅的女生走向男生，「我叫蜜模煞，跟你接一個吻，拍一張照，好嗎？」

被問的男人，從少年到老人家，全都露出驚詫的神色，女孩就解釋道，那是她的行動藝術計畫，她準備出一本書，「也許就叫做《一百個陌生的吻》。」

有人在臉書寫下這件事，卻沒有透露，他是不是也得到一吻的幸運兒。消息傳回臺北，驚動了女孩的爸媽。媽媽責怪爸爸：「都怪你太寵這個女兒，讓她做這種傷風敗俗的事。」

爸爸深自反省：「會不會小時候我們給女兒的吻不夠？」

媽媽其實比較接近傳統臺灣人，反駁道：「這種話你也說得出口，女兒都這麼大了，我們還要吻她嗎？」

「我叫蜜模煞。」女兒都這樣介紹著自己，她的家庭背景讓她成為一個害羞內向的「小小女孩」，留學前讀的都是女校。在紐約，女兒在校園做過一個學期的諮商，諮商師給她一道處方：「去做一件這輩子妳父母、妳自己都沒有想過的事，連想都沒有想到。」所以，她站在有些寒意的紐約中央公園，向陌生人索吻。

她剛接到媽媽從臺灣打來的電話，爸爸則習慣傳簡訊，還說下個月爸媽要親自去紐約一趟。她把手機拿離耳朵，等媽媽發過脾氣後，女兒耐心地說：「媽，這是我的作業啦。」掛掉電話，她又跟自己說：「也是我的治療。」

她其實會選男人，總是趨前找看來乾淨，她也中意的男生，還有一個原則，她絕不吻認識的男人，也不留聯絡方式。當然，也常遭到男生身旁的女伴的白眼，但吻過十幾個男生了，只有一個華裔的男子好奇問道：「蜜模煞，好特別的名字，很符合妳的造型啊。」

女兒開心地向對方說謝謝，卻從來沒有男人想到，「蜜模煞」就是「含羞草」的英文，長在野外的含羞草，對生的細小葉片經不得觸摸的，一碰，就把自己縮起來，多半只到這個程度，惡作劇的人只是想看到這幅模樣，沒有人想去了解一株含羞草的心意。女兒在接受諮商的時候，常常談起父母和她的關係，她覺得父母一點也不了解她，諮商師跟她說：「也許，妳如果留在父母身邊，沒有到國外來，妳就會變成一株含羞草。」於是，女兒把這個名字記了起來，這個名字才是她，許多臺灣女兒的心事，碰一下就含蓄的萎捲起來，其實也是種委屈。

謝謝，即使對方說不，可能怕留下照片，會惹來麻煩，但禮貌還是要的。

在紐約街頭的這個臺灣女兒，走向下一個男人。

百日草女兒

剛開始是女兒出現問題。學校老師打電話給媽媽，說女兒在校專注力不夠，在課堂上，會影響到同學。為了這件事，媽媽去學校，跟老師談了好幾回。

老師跟媽媽說，她感覺這個女兒很聰明，但一堂五十分鐘的課，她最多只能保持到一半的專心，總是瞄著外頭，有時還會起來走動，「我必須照顧到其他學生的受教權，不然來學校教育是做什麼的？」

老師對專注力的定義似乎是，可以在一件事或作業上停留很久，是量化的。老師說：「別的學生都可以辦到，但妳女兒怎麼就辦不到呢？」

媽媽很煩惱，她知道女兒不是坐不住，而是容易分心。她參加了大學同學的聚會，才知道很多父母遇到了同樣的問題。朋友建議，或者可試試看「在家自學」，還給了她一張協會的名片。媽媽真的去參加了組織，認真地想這個問題，卻隨即迎來老師和學校的懷疑眼光。照老師說法，許多在家自學的孩子後來跟不上進度，可怕的是變得孤僻、不合群。就連女兒也有不同意見：「媽，不去學校上課，同學都說我很奇怪。」

媽媽其實也不知道，在家自學是不是個好主意，她望著窗外不遠處的花圃，靈機一動，說：「這樣吧，就像那朵百日草一樣，給媽媽一百天的時間。」女兒閃動眼眸，約定：「說好了，就到花謝掉喔。」

百日草花顯然不知道母女的約定，那是女兒自身的成長實驗，就像在花圃裡種下陌生的種子，卻不知道將來會開出什麼樣的花。媽媽忙著幫女兒安排家教和課程，幸而有許多人願意提供協助，連爸爸和公司同事都安排來上課，每個月還得固定回學校參加考試，這樣，才能保證拿到畢業證書。三個月很快就過去了，女兒的考試成績一直都有進步，顯然讓老師很滿意，但老師還是不放心，問道：「她的專注力現在有改善嗎？」媽媽點著頭，心裡想，妳會去問一株百日草，有沒有專注力嗎？它只是專心的開花著，專心的當一株花。

開出燦爛顏色的百日草，團團的花像個粉撲，不管落在哪片土地上，就是一直的開著，努力的開著，顛覆了「花無百日好」的流言，每朵百日草都像在對觀看者說，「看著我，你看到了什麼？」每座花圃裡，說不定就有一兩株這麼不認命的花。

沒課的時候，女兒偶而會來花圃，靜靜地看著花，她若有所思跟媽媽說：「媽，我好像被妳騙了，百日草才不是只開一百天呢？」

媽媽故做訝異說道：「不是這樣嗎？女兒啊，看來妳要多上幾堂植物課了。」

母女一同站在花圃間，陽光明亮鮮麗，很甘願被騙的樣子。

石榴花女兒

石榴殷紅一片，是爸爸和女兒想起和媽媽一起共度的日子，最直接的聯想。

爸爸從年輕起就是鼓手，跑那卡西和紅包場，有一次，一個女孩，也就是後來他的老婆上臺唱了一首「魂縈舊夢」，唱到「斷無消息，石榴殷紅」時特別的感傷，他們就這樣開始交往。散場後，女孩常在門口等他。

沒有辦法不愛的，石榴這種花，從花、果實到種子都是鮮紅的，鮮血那般的紅，看得人內心沸騰，很想轟轟烈烈的愛。爸爸沒有想到，那首歌裡的「斷無消息」竟然一語成讖，當女兒被診斷出罹患血小板無力症，前幾年，媽媽和爸爸帶著女兒四處求醫，一起抱頭痛哭。後來，確定是媽媽的基因遺傳給女兒，媽媽陷入自責，到了身心都無可負荷的程度，有一天，爸爸從喧鬧的那卡西氣氛後回到家，只見媽媽留下一張字條：「對不起，在現實和夢想間，我終究選擇了逃避。」從此就真的，真的斷無消息。

往後的七、八年，爸爸還是個鼓手，負責為別人製造歡樂。他獨自帶著女兒長大，當女兒惹禍時，負責為她善後。有一次女兒逃家，獨自搭著車去新莊要找媽媽，後來被警察伯伯送回家，還是沒有找到媽媽。爸爸其實不會跟女兒談起媽媽的種種，剛開始很氣，隨後幾年也接受了事實，如憤怒的種子長成了果實，還是一片殷紅，卻可食用。
爸爸和女兒的故事被拍成紀錄片，整整拍了六年，穿插其他的罕病家庭故事。那段期間，他們已習慣在攝影機旁觀下吵架、鬥嘴，女兒會撒嬌，卻總是擔心爸爸也會不要她，逃家變成固定上演的戲碼。爸爸也習慣在鏡頭前，一再地跟女兒說：「要啊，要啊，我不會不要妳的。」那首歌詞的意思是，即使斷無消息，石榴依然成熟轉紅，日子一樣要過。
紀錄片的首映典禮上，全部的主角都到了現場，主持人介紹他時特別強調：「這家的媽媽真的落跑了。」他想說點什麼，但主持人這麼說也沒什麼錯吧。他已看過紀錄片，卻仍在黑暗中頻頻拭淚，當鏡頭出現父女拌嘴時，握緊了女兒的手。
散場後，觀眾鼓掌，湧上來跟他握手，爸爸只想回頭尋找女兒的身影，她擔心女兒又要逃跑了。喧鬧間，女兒卻在出口處等著他，好像以前那卡西終場時，一個爸爸曾經熟悉和期待的身影。他真的看見了嗎？
爸爸最想跟女兒說，我們可以回家了。女兒笑著，遞過來一朵石榴花，說：「剛才，媽媽給我的。」

羊蹄甲女兒

人生歷程裡，總有幾張照片，比起其他照片還重要，或者更值得紀念。拍的時候，站在照相機前，女兒們還不知道，爸爸按下快門的那瞬間，日後他們會一再的想起。

照片是大姊高中畢業那年，三姊妹在天長地久吊橋前照的。三個長相和身高都相仿的女孩，露出幾乎無從分辨的笑容。二姊後來說，那張照片所以值得懷念，「那是大姊要北上讀書，我們三姊妹分開的前夕。」三姊的回答更乾脆：「因為，就因為天長地久啦。」

她們還記得，更小時候三胞胎姊妹同進同出，爸爸要帶三姊去嘉義公園旁的眷村吃涼麵，其他兩人吵著要去，爸爸只好騎著腳踏車載著三個小傢伙，大姊坐前頭的橫桿，兩個姊姊坐後座，出發去吃酸酸甜甜的涼麵。

沒錯，這家的三胞胎全都是姊姊，大概從小沒有人願意被叫，那種拉長尾音的「妹──妹」，爸媽拗不過她們的心性，就這樣叫。她們出生時間也沒差多久，這樣叫，當然也通。

家有三胞胎，好處是衣服、課本和文具可以共用，但三個人念同一年級，每次都要準備三套，媽媽帶大姊上街買衣服，總是隨口跟滿臉狐疑的店員說：「三套一樣的，包起來。」免得回家後，二姊和三姊也吵著要新衣。

三姊妹讀同一所小學，好在不同班，省去老師和同學認人的煩惱。同學曾好奇的問道：「妳們跟男孩子約會，會不會找姊姊去代班？」不過這種事倒沒有發生過，三姊妹從高中起就瞞著爸媽在外談戀愛，各談各的，困擾的是那些臭男生們。不過，難不倒爸爸，在家裡，他用花名來分別三姊妹。家門口附近的垂楊路，有一排粉紅色的羊蹄甲，春天盛開，等到葉片落盡，就只剩一樹如棉花糖般的粉紅，那是少女蓬蓬跳動的心。外來的訪客站在羊蹄甲前拍照，大叫：「好漂亮的洋紫荊。」大姊聽了好笑，就跟兩個妹妹說：「我們就像羊蹄甲、洋紫荊和艷紫荊，明明是三種花，卻常被分不清楚。」

好幾年過去了，最先離開家的大姊在家書上，總是署名：「羊蹄甲。」其實她懷念的是在家的感覺。漸漸老去的爸爸也用他的方式在表達懷念，直到現在，家裡只剩兩老，他去買吃的，常常隨口跟老闆說：「包三份。」

在季節順序上，當春天來到，羊蹄甲總領先群花先開花，急著散播春天的信息。大姊也是，在她的婚禮上，新娘和兩個伴娘穿著一襲粉紅出場，各自捧著三種花瓣怒張、相似又有著小小差別的花束，老爸爸笑了，笑得好開心。

菟絲花女兒

凱道上的「伴桌」熱氣升騰，來了許多祝福的人。在眾人期待間，女兒穿著白紗，先看看身旁的女伴，回過頭，來，她溫柔的說，不忘記牽媽媽的手。

女兒跟女伴一直是親密好友，讀書時就膩在一起。出了校園，那個女伴有了自己的婚姻，女兒還是常去她家過夜。女兒曾經問女伴：「我們還可以住在一起嗎？」女伴說：「妳是說像《紅樓夢》裡的晴雯和襲人嗎？」女兒答：「應該是像妙玉那個女尼吧。」她們的對話暗藏玄機，那時候卻不輕易說破。

女伴的老公慢慢瞭解了她們的關係，原本還有些吃味，習慣了，也如老僧入定。當老婆來問他意見時，他淡淡說了句：「歡迎啊，就當作自己的家。」也不輕易點破，如此相安無事。

女兒習慣攀附住一個感情的對象，投射她自己並獲得養分。在以前，女兒攀附的是媽媽，當做身心和感情的依靠。兩人最親的時候，媽媽就說女兒是「我的閨房小密友。」她們一起做過很多聰明事和傻事，一起讀李白的詩：「君為女蘿草，妾為菟絲花，輕條不自引，為逐春風斜。」母女間誰是女蘿，誰是菟絲花？媽媽笑著跟女兒說：「當然是妳攀著我，妳是菟絲花。」

前些日子女兒決定「出櫃」，受到許多姐妹的鼓勵，但她下定心意後才跟媽媽提起，媽媽起初阻止她：「妳不知道會遇到什麼？妳不知道外界用什麼樣的眼光看妳？」如果菟絲花掙脫纏附的命運，外頭的風風雨雨，媽媽再無法替她擋，女兒的養分和枝枒已夠強壯到獨自撐起嗎？人們確實沒見過一株獨自生長的菟絲花，女兒卻已執意如此。

女兒安慰媽媽：「沒關係的，很多姐妹都走過這一段。」這個安慰卻沒有多少效果。女兒和女伴決定參加活動，籌備時接連幾天昏天暗地，回家，卻見媽媽深鎖眉頭。女兒對著媽媽，聲調接近懇求：「讓我今生今世，至少穿一次白紗吧。」這句話打動媽媽的心房。

很多年前的事，女兒看過媽媽在月光下穿白紗的模樣，那是媽媽沒有說出來的夢想，如同幽靈的耳語。在媽媽還是少女的年代，在彰化漁村的保守情境裡，媽媽始終藏著她的秘密，只要透露，她的媽媽就一陣呼天搶地。同樣的基因，卻由媽媽傳給了女兒，像女蘿和菟絲花間的生命互通。

我們寧可這樣說，那天在凱道的熱鬧氣息裡，一個媽媽和一個女兒同時實現了畢生的夢想。熱氣蒸騰，女兒回過頭，笑著，牽起媽媽穿白紗的身影。

小雛菊女兒

佈置一座稱為「婚姻」的舞臺，需要角色、道具，觀眾倒非必要，關起門，夫妻也可排演。

應該會有一棟房子或一爿公寓或一個房間，然後稱為「家」。雖然丈夫常常不歸，妻子整日發愁。夫妻著手佈置舞臺，添購家具，開始尋常的生活。幾年後，他們生了個可愛的女兒。到目前為止，這樁婚姻還算「尋常」。

如果我們恰好坐在舞臺下，就是這齣戲寥寥可數的觀眾，（公演那天戶外下雨，票沒有賣出去。）我們會想，好像還缺少個什麼？這齣戲的劇本呢？

劇本？人們對婚姻的憧憬和畏懼，其實來自於，一開始時婚姻是沒有劇本的，卻可能就是家庭的真面目。義大利作家皮藍德婁的劇作《尋找作者的六個劇中人》，那些角色不也來自家庭嗎？也不是只有《李爾王》那種來自家庭的憤怒，才能稱為「劇本」。有名十四歲的女兒要出門找朋友，媽媽不准，女兒抗議：「可是在家好無聊，都沒有事情做。」這當然也是屬於「家庭」的一齣劇本。

還有，在一場「花的美麗與哀怨」記者會上，帶女兒出席的媽媽控訴：「我剛結婚時，就是不知道以後的劇本要怎樣寫下去。要不然，我早就離開了。」好像媽媽以為倉促步下舞臺，那場戲就會落幕。但是，媽媽遲早會發現，離開了舞臺，她的戲還是繼續演著。

記者會的主題是「家暴」，開記者會的目的是要「宣導防治家暴」，邀請幾位受暴媽媽現身說法。發言時，她十歲的女兒坐在臺下，彷彿只是這齣戲的觀眾。媽媽不想讓女兒在媒體前曝光，卻是女兒用不失童真的聲音告訴媽媽：「媽，我也要去，給妳加油。」在夫妻對抗的每個關鍵時刻，在已經落幕的家暴戲中，女兒曾是惟一的配角。

「家暴」絕不可能靠一場記者會就得以宣導防治，其理由和開記者會要求癮君子戒菸是一樣的，這使得記者會總有著「舞臺」和「表演」的意味。女兒心裡面埋藏著對「家暴」莫以名之的恐懼，她想起在幾個爸爸酗酒的深夜裡，媽媽抱著她，（那時她明明已經睡著，明明可以避掉這麼醜陋的事情變成日後的記憶。）媽媽叫她的小名，說：「妳把這件事忘記吧，妳不要恨妳爸爸。」早熟的女兒回答：「媽，那以後誰陪妳一起回憶呢？」

男人為什麼會動手？難道暴力就是男人表現陽剛氣概的終極手段？為什麼郎君一朝變成了「狼」？在我們找得到的婚姻指南書裡，已開始出現一股風潮，專家們不再談如何追求幸福婚姻，而開始轉向婚姻裡的自保之道，還有一本這樣的暢銷書，書名叫做《認清男人的真面目》。專家說，跳進一樁婚姻之前，請先拿到「劇本」。動手的男人總有種種理由，怪給酒精、職場上的小人、不如意的遭遇勾起他內在的暴力因子，還有恐懼感。

母女的「抱抱」後來演變成一種心照不宣的儀式，如果女兒深夜被啜泣和擁抱喚醒，即使她沒有親眼目睹那場戲，她也猜得到發生了什麼事。她壓下愛睏的心情，（才八歲，學校的功課就好多。）女兒用力的抱回去，在這種時刻的擁抱應該如何形容？有點酸酸的，卻非常親密的，距離如此的近，感覺又相當遙遠。

女兒自己的心情投射在「儀式」裡頭，後來，每當在家裡，她見到媽媽獨自坐著，或是出現肩頭抽動彷彿啜泣的動作，她會靠過去，跟媽媽說：「媽，來，抱一下。」有一次，女兒抱了媽媽，媽媽啼笑皆非的說：「是洋蔥啦。」

對一個家庭，對一樁婚姻來說，「家暴」就是劇本的揭露，觀眾常想像憤怒、摑擊、撕扯，心理師介入和離婚的情節，活脫脫是出自威廉．福克納小說的情節。聽來像百老匯才編得出來的劇情，經歷其中的人所受的心理創傷，就不僅是這樣而已。因為那時候還不知道劇本將會如何寫下去，結局也許離不開那幾套，讓當事人懼怕和不解的是過程。

當恩愛的記憶，像月曆紙被撕去後，媽媽在記者會上說：「我始終不能相信，為什麼我那麼愛過，我認為也那麼愛過我的人，會動手傷害我和他親生的女兒？」

好的，我們已經知道了後來劇本的走向，也揭露了結局，且讓我們循著故事情節往回溯，再回到稍早以前，這家人擁有過一些美好的回憶，爸爸媽媽和女兒一起種下花圃，花圃裡長著雛菊、馬纓丹和三色堇，都是女兒喜愛的花種，爸爸說：「這裡是女兒的花圃。」

踏著花圃的回憶甜蜜但顯然短暫，如三色堇的花期，媽媽採下一束小雛菊放在女兒的手上。

夫妻爆發激烈的吵架後，女兒夾在中間，她先是哭，但爸媽一點歇手的跡象也沒有，媽媽跟她說：「乖，妳回房間去。」在父母的戰爭間，媽媽要女兒做個「停戰地帶」，女兒乖乖返回房間，不久，又拿了一個東西給爸爸，爸爸看了一眼，是一束乾燥的雛菊，只好放柔聲音：「乖，大人的事妳不要管。」也要女兒回房間。

女兒目睹爸爸摑掌媽媽，媽媽反擊的那一幕，家庭暴力的停格，在女兒心中產生了兩種衝擊效應，第一，她開始害怕爸媽會離婚，毀了這個家；第二，她對暴力本身既迷惑又困擾，深深擔心自己也會成為暴力的受害者。在某些家庭諮商的案例裡，接受諮商的女兒普遍表達出一個情結：「是不是我做錯了什麼事，還是我不乖，爸爸才會打媽媽？」疑惑變成恐懼的情意結，最後抽掉了原來的脈絡，只剩下行為的錯亂。

還有一種家暴中常見的「劇本」：稱為心理諮商。也許夫妻察覺了彼此的裂痕和問題，也許是接受外界調解的結果，說來諷刺，心理諮商有沒有效果，得看當事人希望能達到多少效果而定，決定於他們能不能坦然開放面對問題。他們在諮商室內爭吵，當成是家庭戰爭的延續，動手的男人在媽媽心中烙下燙鐵一般的傷痕，還在媽媽和女兒的周身散發蒸氣。媽媽準備用回擊寫她自己的劇本，她跟男人說：「我不會再讓你動手打我。」

家暴當然也不是遊戲，當家庭內發生這樣的情節，一夕間女兒的世界面臨崩垮。女兒一直保存著爸爸摘給她的小雛菊，失去了水分和生命的雛菊如今是她夾在書裡的乾燥花，其實，也是女兒自覺的處境。小雛菊轉眼成為乾燥花，是歲月的傑作，每樁婚姻多少也得經歷同樣的洗禮。爸爸也有溫柔的時候，（我們還不準備把動手的男人都妖魔化），不喝酒時，他會跟女兒講故事，場面溫馨，但小女兒的創傷久久不能平復，當童話來到結局，王子和公主步上紅毯，女兒不經意的閃動眼眸：「王子會不會打公主，他們後來會不會離婚？」

「家暴」劇本的第二幕，可能就是冗長的離婚官司和監護權的爭奪，媽媽把女兒推到舞臺前面當她的擋箭牌，讓女兒講出她自己內心的惶恐和不安，當作「家暴會傷害女兒」的直接證據，那是媽媽的自衛。長久與媽媽進行「抱抱」儀式的女兒心內覺得，如果她站出來，說出她的傷害，她就能幫助媽媽。在心裡面，小小的女兒總是抱住媽媽，幫媽媽擦拭下一道即將流出的淚。

在「家庭」這座布置的舞臺上，「家暴」隨著曝光而逐漸染上了那麼一點「表演」的感覺，尤其當一些名人的家暴和離婚上了新聞性談話節目後，廣大的觀眾似乎只想等著看激情的戲碼。記者會後真的有一個電視節目來聯絡，要媽媽上節目談談「這個男人有多壞」，節目單位還說：「最好帶您的女兒一起來，我們會給她的臉打上馬賽克。」媽媽拿著手機，卻說：「讓我考慮一下吧。」

她回房間，看著已經熟睡的女兒，可能正在做著一個甜味的夢，夜未央，她一點也不想吵醒女兒的夢。在漫長深夜裡，媽媽已決定，就這樣吧，她不會帶女兒去上節目。

布置一座舞臺，有媽媽和女兒這兩個角色，舞臺上有個盛開的花圃，馬纓丹和三色堇迎風招展，鮮豔的顏色像把彩虹種進土壤、開花，在某個美好的時刻，棉花糖般回憶裡，有個男人說這裡就是「女兒的花圃。」花的美麗與哀怨，媽媽回想起記者會這個標題，她多麼希望，把哀怨種進土壤，茁長出美麗。

媽媽跟女兒說：「看，妳的花都開了。」母女一起用力而大聲的鼓掌，擺動的花瓣像舞臺上的致謝答禮。媽媽準備摘下一束小雛菊，回家插在花瓶內，不再壓扁當作乾燥花。

刺桐花女兒

她在高中教書，教爸爸口中的「番邦話」英文。原本相安無事，但她有了女兒後，看著女兒從小生活在把學習當競爭的環境，突然強烈地出現想教女兒說母語的念頭。

她的母語是噶瑪蘭語，從小在宜蘭鄉下成長、讀書，爸爸一直跟她說起「噶瑪蘭族」，「不要忘記自己的根」幾乎就是爸爸的口頭禪。求學時她適逢族群的正名運動，平埔族從此回歸噶瑪蘭的大歷史。

她掩不住這個強烈的念頭，是的，原本一切相安無事，她原可教女兒說一口漂亮的牛津腔，直到當上媽媽，她認真回想，不得不承認，她不太會說自己的母語。

當上媽媽後，她才有些後悔，自己小時候課後忙著補習，學過日文和西班牙文，幻想到遠方國度旅行，當父母在家裡跟她說母語時，她從未認真聆聽，一溜煙竄出腦海外，「反正聯考不考呀。」可以加上「反正」的東西在生命中越積越多，當上媽媽後，她開始溫習一句早就知道的格言：「最近的，也是最美的。」

女兒當然離媽媽最近，媽媽一字一句的，把記得的母語拼湊起來，還想到要給女兒做「機會教育」，所有看得見的物事都貼上母語，當年她如此學習英文。但是，問題立刻就來了，女兒問她：「臉書要怎麼說？上網怎麼打母語？」她無言以對。女兒更小的時候，媽媽自己想過這個問題，她就不會說「換尿布」、「奶瓶」，她的媽媽沒有教過她。好在，那時女兒還不會問問題。

來到女兒會問問題的年紀，問媽媽：「噶瑪蘭的話怎麼說時間？」這一題對媽媽還是太難，卻讓她想起，不知從哪裡知道的，噶瑪蘭族將刺桐花當做「報年花」，時間和曆日的次序都依循著刺桐花的開謝，花的動靜指向噶瑪蘭族的時間觀。

宜蘭平原處處可見的刺桐花，原是充滿喜氣的花種，像火那般的熱情燃燒。噶瑪蘭族人在刺桐花開時出海捕捉飛魚，花的凋謝，也是一年的落幕。媽媽小時見到刺桐花總沾染一身喜氣，她希望女兒這樣的看待時間，看待生命。

噶瑪蘭族人怎樣說時間？她可以告訴女兒，「考試又不會考。」但現在媽媽開始補足自己早就應該做的事，她不要女兒將來想起她的故鄉，只知道一條冬山河和南方澳漁港，心內盼望：「有一天，在一個遙遠的地方，女兒見到刺桐花開，就會想起飛魚的味道。」

那麼遠的地方，見得到刺桐花開嗎？這個問題難倒了教英文的媽媽，在不見飛魚來訪的城市裡，媽媽和女兒相約去看刺桐花。

百合花女兒

不知這名媽媽如何度過女兒走後的每個黃昏和夜晚，想來母女總能在夢中相會。家裡，每個女兒曾經熟悉的事物，足以勾起回憶和已粉碎的夢想。細數女兒小時、長大後在越洋電話中，媽媽曾多少回叫過女兒的日文名字。

隨著女兒的離去，團圓的夢是粉碎了。只說令人永遠心碎的那天，女兒動身前往北海道旅行，行李箱已置放門口，女兒鍾愛的百合花已換過水，如同完好的青春歲月，卻橫遭單戀男子的妒殺。嫉妒是一把毀滅的火，將生命和幸福焚燒殆盡。

媽媽和女兒談過許多回往後的計劃，全數在那一天嘎然而止。一名二十多歲女孩的心願，多半仍好端端地擱在心裡，想起未來，難免臉紅神往，但原以為一切都來得及，來得及嗎？當死神收割的時候。

女兒的告別式上，男友帶著一束百合花，送她最後一程。百合是她的日文名字，也是她喜愛的花。人們想起百合，總會浮起花蕊飽滿、像個報喜訊的鼓號手那般的盛開。人們從不會想到百合的凋謝，似乎百合是從不凋謝的花種。

永遠不會凋謝的，是人間媽媽想要紀念女兒的心意，想要再做點什麼，讓百合的名字成為世人難忘的資產。有爸爸用車禍去世的女兒名字設立獎學金，也有媽媽和爸爸一起投入醫學研究，只為幫罕病兒找到一種新的藥水，縱使女兒的肉身後來沒有得到救贖，卻澤及相同病症的兒兒女女。這名媽媽順著這樣的心情，找上立委陳情、推動修法，在一場音樂會上，媽媽將一幅百合的畫像，送給熱心推動法案的立委。於是，人們用女兒的名字來稱呼這條已獲通過的法案。「女兒，人們將不會忘記妳的名字。」流出眼淚前，媽媽已多少回如此呢喃，「想要多做點什麼」的心意澆上水泥，鞏固鋼筋，處處豎起紀念碑。

百合其實也是個神奇的花種，花朵本身並不競艷，卻散播著濃濃的香氣。有一株百合在室內，人們絕不會忽視它的存在。花移去後，人們總還能追憶餘留的香氣，感覺花好像仍在那裡，這像不像父母對逝去兒女試圖捕捉的心情？往日好友的追憶裡，女兒善良美麗，「同學要她幫忙，即使自己正在忙，也會放下來，耐心傾聽對方的談話。」「發生了那件事情後，我們在和她一起上過課的房間，彷彿仍感覺到她，就是一陣淡淡的香。」人們遲早會發現，這些特質，也顯現在媽媽們的身上。

然而，人們仍然願意期待一株不會凋謝的百合，為它換水，讓百合回報香氣，多般遺憾、願望未能成真。

油桐花女兒

已不知有多少回，這名已當上媽媽的女兒看見龍騰斷橋、勝興車站或者油桐花季開始的報導，一愣，不自禁的回頭看，隨後才回神，不會有人追來的。

那年，她在龍騰斷橋前仰頭問「媽媽」：「橋為什麼會斷？」「媽媽」厭煩地瞪她一眼，好像她犯了什麼天大的禁忌。小女孩心中有許多的疑問，包括油桐花為什麼是白的，為什麼她上學途中，從山頭像一陣雪花的飄落？

從有記憶起，油桐花就是滿山遍野的白。從有記憶起，她就住在養父養母家，只在過年時見過幾次親生父母，聽說他們後來都移民了，斷了音訊，如她見過的斷橋。養母有兩個女兒，原本小學畢業後就不讓她上學，要她留下顧那個粿仔攤，卻是養父一句話，改變了她的命運：「伊嘛好精啦，不是親生不打緊，嘛乎伊讀書。」從那以後，她才有背著書包，走過勝興車站去上學的溫潤記憶。那段日子的美好之處是，每天有幾個小時，可以離開那個家。

她已不想再回顧身為養女的歲月。「你可以形容得很淒情，把我說成是灰姑娘，」她說，「但結局總只有一個，我出來了。」讀高中時，她時常幻想這次走出家門，她就不回去了。

但是，另一個想法適時浮現，她彷彿見到養母瞪大眼睛，兇狠狠得在後面追趕。現實裡，養母會追過來，就表示她的皮肉即將受苦，她害怕那個眼神多過了身體的疼。她是養女，卻也是個女兒，她出來了，過往的身份卻從不放過她。

養女歲月裡，還是有些安慰的片段。某年油桐花開，養父和她走在山坡上，緩緩的白雪籠罩在他們身周，遠處的關刀山悠悠可見。養父說：「小心油桐花的種子，很毒的，人只要吃一顆就會死。」然而，有毒的種子卻長出潔白的油桐花，長成這麼一片樹林。有了女兒後，她這樣回想自己的童年，也這樣得到了慰藉。

難道每個養女，都會將身世想像成油桐花有毒的種子嗎？那倒也未必。年紀大了後，她回去養父家，相處自在，就如油桐花瓣緩緩落到地面，是離種子最近的地方，那是油桐花的選擇。

我的體內，究竟殘留著毒種子，還是花瓣的雪白？她心中悄悄勾起一個養女們都會問的問題。多年後，她才帶著女兒重遊勝興車站和龍騰斷橋。這次，橋為什麼會斷？她顯然已知道答案。

向日葵女兒

每年，街頭的那場嘉年華，就是她們母女解放的時候。說的不是革命，也和左派右派無關，而是紮紮實實的，身體的大解放。多一點肥肉有什麼關係（不過，是多得有些離譜。）很多人在看更是無傷，當森巴的鼓聲響著，所有的顏色一起搖動，這對母女和更多的人就將以她們的身體佔領街頭。

能走到這一步，對六十好幾的媽媽，其實無異於一場內在的革命。當初，女兒來找上媽媽參加的社區媽媽合唱班，就是午後拿著麥克風唱點小曲的那種班，媽媽一看女兒出現，就知道女兒要來「陷害」她們，但聽女兒提議：「媽媽，下個月的街頭嘉年華，我們社區也組一隊參加吧？」媽媽們說：「好是好，可是我們不會跳舞怎麼辦？」女兒說：「包在我身上。」

下個禮拜，女兒找來教森巴舞的老師，老師說，森巴舞一點也不難，主要是掌握快樂的特質，臉上帶著燦爛笑容，跟著鼓點扭動，十來個加起來超過七百歲的媽媽們跟著扭動幾下腰和臀部，常常忘記笑容，「要笑喔，」老師說：「就像向日葵看見太陽那樣的笑。」但是，要穿什麼上街頭呢？媽媽們去年在社區中心表演過一次，穿的是一式的長裙。

女兒二話不說，拿出兩截花布料，媽媽說：「這是要戴在頭上的嗎？」女兒說：「不是，全身只穿這兩截比基尼，露出肚臍和大腿。」媽媽也二話不說，就連追帶打把女兒趕出去：「見笑喔，我女兒竟然要我穿比基尼上街頭。」

關於身體，媽媽這一代得到的教養是遮蔽和莊重，看見女孩子家過度的「露出」，過去接受的教條守則就在潛意識蠢蠢欲動，她從青春期起，小心翼翼把身體遮起來，不讓別人多看見一點肉。媽媽總說，她的肚臍，這輩子只有三個男人看過，一是丈夫，一是婦產科醫生，還有一個男人，讓女兒非常好奇，但媽媽從來不講。

女兒也不知道怎樣說服媽媽，倒是舞蹈老師帶她們去參觀其他媽媽奶奶們的練習，有七十多歲的祖母穿上了比基尼，全身塗上油彩，跟著節奏扭動。那個祖母說：「要記得笑喔，這樣就會變年輕。」

於是，一個月後的中正紀念堂前，嘉年華的氣氛滾燙，媽媽和女兒都穿上比基尼，露出一點也不黃金比例的身材，她們在臉上塗金黃油彩，稱自己是「向日葵隊」。這幾株向日葵卻不跟著太陽轉，她們自有自轉的軌道，扭動全身鬆垮垮的肌肉，旁觀的人被她們的笑容感染，在行列經過時熱烈喝采。

仙人掌女兒

他們相遇於十年前的澎湖海岸，一場保育仙人掌和綠蠵龜的活動裡。彼此的傾慕卻是幾年後的事，就如那男子的說法：「我是慢慢煞上她的。」女子則語多保留：「我還不覺得是時候了。」

怎樣才是時候？男子第一次向她求婚時，儘管女子早已活躍於生態保育界，仍顯得不知所措，隨口就說：「等濕地保護法通過吧。」

男子不再相催，知道女子的心意堅定。他們是推動生態運動的夥伴，但從此在街頭上，多了個甜蜜的理由。他覺得她就像初見時，澎湖荒野的仙人掌。把自己的心意層層包覆，外層長著密密尖刺，不讓他人靠近，當然也不讓自己靠近他人。

有則仙人掌的神話說，最早仙人掌的心非常脆弱，常常被傷害，流出紅色的血。於是，神用魔法將仙人掌的心藏在尖刺裡，不再輕易受傷，卻傷了許多想靠近的人。

後來，有位勇士一劍揮去，將仙人掌砍成兩半，它的心敞開，留出綠色汁液。將心隱藏多年後，紅血已化為綠色的眼淚。

她曾是兩個女兒的媽媽，為了兩個女兒的病，她已流過了許多眼淚。上一樁婚姻隨著女兒的逝去而告終，她也沒有逃過疾病摧殘，動過一次大手術，她自己就是一棵脆弱的仙人掌。

等到濕地法在立法院三讀通過，男子終於忍不住問道：「我們可以結婚了嗎？」女子仍難掩猶豫，她可以為一座森林慷慨發言，可以揭發衙門弊端，逼官員下臺，卻不習慣正視自己的情感。兩個沒有緣份的女兒始終像幽靈，變成這個媽媽心頭的陰霾，怎樣也揮散不去。「進入婚姻一回，到底給了我什麼？」她揮不去這樣的疑惑，那就是仙人掌的心。

男子還在等著，他知道這種事不能催，一劍揮向仙人掌，畢竟只能存在神話中。而且，他也不能確定，會流出紅色的血還是綠色的眼淚？

其實，還有更多環保法律在立法院等著闖關，那是沒有盡頭的戰爭。有一天，女子小聲地跟男子說：「我想是時候了，你還願意娶我嗎？」男子點頭，沒有通知親友，只到戶政事務所登記結婚。

從此幸福美滿嗎？他們甚至也不安排蜜月，直接投入下一個濕地保育的倡議議題，像一對夥伴總多過夫妻。不過，那則神話有這樣的尾巴：勇士其實沒有揮劍砍仙人掌，他只是輕輕的問了一聲：「妳願意敞開了嗎？」就在一旁靜靜的等候。他的劍生鏽了，眼睛也瘦了，如此漫長而且忠貞的等候，就是這則神話要告訴我們的。

茉莉花女兒

許多年後，媽媽偶而心血來潮，還會播放這首和茉莉有關的民歌。她保存著黑膠唱片、卡帶到CD的所有版本，每隔幾年就會去唱片行找這首歌，也不知道為什麼，有人就是會一直蒐集青春時期的音樂。從一名清湯掛麵的高中女生、大學生到現在的中年媽媽，「小茉莉」歌聲依舊，變老的只是她。

「月亮照著我的小茉莉，海風吹著她的髮。」

有很長一段時間，她非常注意那位包姓女歌手的消息，那時她總以為，擁有那種歌喉的女生永遠不會老去，顯然這一點也不是事實。聽說那位女歌手選擇赴美留學，從此封歌喉，她總覺得遺憾。但也沒有關係，有了女兒後，她照記憶中女歌手的模樣裝扮、教養女兒，她用自己停留在民歌時期的，那種純潔無暇到有如白紙的情感模式來教養女兒。要女兒的情感如同一株月光下的小茉莉，沒有一點汙點的求學、考上第一志願。

媽媽鼓勵女兒認真讀書，常常說：「人家包美聖，是臺大歷史系的喔。」除此以外，就無其他的參考座標。女兒終於沒好氣的回答：「媽，我知道啦，但我可以念臺大經濟系嗎？」

女兒沒有考上臺大，差了幾分，不過總算在臺北。媽一把眼淚一把鼻涕送女兒北上求學，擔心女兒在光怪陸離的都會染色學壞，一直寫信告訴女兒頭髮不可以漂染。每封信，媽媽都在燈下寫了一個晚上，她自己讀著每個字都感動流淚，想起了包美聖專輯裡的一首〈媽媽的信〉：「媽媽的信寄來一串風鈴，掛在耳際，隨風悄悄聆聽。」有一回，她真的就寄了一串風鈴給女兒。女兒的來信非常簡短，可能是趕著要上課前匆匆寫的：「媽，你寄一個門鈴給我做什麼？下次匯錢來就好了。」

趕著時髦前頭的女兒早就悄悄染了幾束金黃頭髮，沒有全染，算是對媽媽有了交代，她開始和男孩約會，也跟同學一樣，偷嘗了幾次戀愛的狂熱滋味。她哪裡會知道，在每個變成了媽媽的女子心裡，都躺著一段金黃的歲月，她想在女兒身上，重製那段金黃的，她所珍惜的感覺。對這個媽媽來說，歲月的核心是她再也無法抓住的一抹月光，和月光下的一株小茉莉。

也許，要等到女兒自己變成了媽媽，心中的旋律終於響起：「小茉莉，請不要把我忘記，太陽出來了，我會來探望妳。」

誰會忘記媽媽，誰會忘記女兒，誰會忘記心中的小茉莉？

蔓澤蘭女兒

商場上，這名媽媽可稱女強人。她經營美容連鎖事業，作風強勢，市場占有率高。對了，她有一個女兒。

媽媽沒結婚，也不再跟那個男人來往，女兒不知道爸爸是誰，商場上據說常見。想當然的，女兒從小就聽媽媽說：「女兒啊，將來妳要接我的事業。」女兒覺得這比較像女主管的命令，而不是一個媽媽的期待。

媽媽想要女兒進公司工作，她的理念是「從基層做起」，她自己就是這樣上來的。女兒不肯，她喜愛文藝，高中時參加崑曲社，吟哦媽媽說是「魔音」的曲調。上了大學，和同學去參加歌仔戲班，暑假跟著全省巡迴演出。

媽媽跟女兒爭吵：「女兒啊（她的員工一定很羨慕，在公司，她才不這樣說話。）扮歌仔戲是興趣，不能當飯吃。」

女兒說：「媽，人家楊麗花在國家劇院公演的。」

媽媽說：「妳興趣也轉太快了，一下子崑曲，一下子又變成歌仔戲，根本不是玩真的。」

女兒答：「媽，妳一天從早到晚要擦三種面霜，難道妳也是玩假的嗎？」

「那是生意，」媽媽很想衝口說：「但妳是我的女兒。」話到了嘴邊，改口：「妳真是我的小葉蔓澤蘭，要讓我那大片事業枯死嗎？」小葉蔓澤蘭蔓生的速度，常常覆蓋林相，讓它攀附的植物枯萎。女兒卻落了一句都馬調：「娘親，您言重了。」

媽媽管不住女兒，隨她去，心想過幾年，女兒會回心轉意。女兒到某個歌仔戲團的二班，熬到可以粉墨登場。媽媽實在忍不住，戴上墨鏡和帽子，躲在戲棚下，觀眾不多，燈光效果卻沒省，電音嘈雜。媽媽嘆了一口氣，想著該如何勸女兒時，卻聽見臺上小生一句口白：「哎呀，妳真是我的小葉蔓澤蘭。」這句話含意太深，觀眾沒有任何反應，媽媽卻噗哧一笑。

媽媽跟著記憶，學女兒當時的腔調，低聲的唱了一句：「女兒，妳言重了。」但戲棚一片嘈雜，她知道沒人聽見。

這對母女並沒有步上和解路，對不起，現實沒有這種「皆大歡喜」的結局。媽媽還是巴望著，過幾年，對，再過幾年，那用胭粉塗抹一臉的女兒終會回心轉意。媽媽有時心疼的，想送女兒一套很好的化妝品，專供演戲時抹用、打粉底。

一年後，這家美容公司推出一款「蔓澤蘭」系列，訴求「壞壞的女孩就要有蔓澤蘭的破壞力。」海報是一張歌仔戲花旦的臉，銷路一直不錯。

水仙花女兒

日本作家井上靖在半自傳體小說《我的母親手記》揭露，他把跟女兒們的相處寫進歷史小說，在孔子、成吉思汗等人物身旁，出現的事、人物個性，活像脫胎自女兒們。

女兒們也知道，也抱怨過：「小心，我們說不定正被爸爸寫進小說，出現在下一期的文學雜誌。」事件若曾相識，只有當事人心知肚明。

這種事，有名小說家父親常做。他常把女兒寫進故事，卻不告訴女兒，以為新潮的女兒不會讀他的作品。更多的爸媽則在部落格和臉書進行親子書寫，卻只有單方的觀點，被寫的兒女永遠像是社會學家馬庫色所說的「單面向的人」，只有乖乖被寫的份。

在某篇短篇小說中，小說家父親悄自渲露他對女兒的不滿。女兒被改頭換面成偷情的女人，個性集偏激、刁蠻、叛逆和愛占便宜的能事。小說裡有場明顯的衝突事件，父女吵了一架，情節是爸爸甩了女兒一耳光，女兒奪門而出。

現實狀況則是，女兒吼了爸爸，爸爸什麼也沒做，他本來氣得想奪門而出，瞥見女兒眼眶裡一滴沒有流下來的淚。

小說裡，爸爸寫進了那滴淚：「女兒關上家門，在黃磚道懊悔的蹲下來，她後悔不聽爸爸的勸告。」他就常在小說裡滿足他自己對管教子女的態度，繞著女兒找靈感。女兒也知道這件事，會這樣虧爸爸：「稿費十八萬就要扣稅，要不要分我一點？」爸爸以為，就是這樣了。

那一天，爸爸在副刊上讀到一篇小說，一個陌生的筆名，文筆有點生嫩。他讀著讀著，竟然讀到了那場衝突事件，當下就想：「這是抄襲我的吧。」但小說透露太多當天衝突的真實細節，卻是爸爸沒寫出來的，包括那天，他跟女兒講的一句話：「我們會激烈爭吵，可能是因為妳太像我的緣故。」聽了這句話，女兒的淚在眼框內打轉。

這對父女豈僅個性相似，簡直就像水仙花和水中的倒影，也無法分開。他們同樣喜歡寫作，個性很強，愛恨分明，惟一的差別在於他們對衝突的觀點。然而，那是湖水的漣漪，水仙的倒影畢竟不是花的本尊。

這些日子來，小說家爸爸一直想開口問女兒，那篇小說是她寫的嗎？她想女兒必定矢口否認，如果承認了，接下來他該怎麼辦，再寫一篇小說反駁嗎？爸爸有著水仙花自憐的個性，從來不肯承認自己的靈感來源，久了，這個祕密擱在心中，如一朵沉默的水仙。

牡丹花女兒

取做牡丹的地方，想來長著遍地牡丹，有個女兒也叫牡丹。女兒是牡丹之花，村裡讚美她有一頭長髮。從五六歲起，她就留著長髮，那是媽媽的緣故。

媽媽自己年輕時也留長髮，有了女兒後，她照著自己過去的模樣，用梳子幫女兒梳頭髮，順便為她講故事。故事裡的公主，也都有著長髮。媽媽問女兒：「妳最想當那個公主？」女兒說：「我才不想當什麼公主，我只想當女兒。」

留長髮，還必須有決心，學校的老師、村裡的長輩、媽媽和她聊起的話題，總圍繞著她的黑髮。媽媽懂得用牡丹花提煉的花露，為女兒保養頭髮，滋潤髮根。其後久久的時間，只要聞到女兒長髮的氣味，村人就說：「牡丹來了。」

上了中學後，女兒喜歡唱歌，她的歌聲和長髮一樣的柔順。在同學組成的合唱團裡，她們唱藝術歌曲，也唱部落傳下的歌。外地來的老師聽見了就說，嘿，妳們應該去參加歌唱比賽，一定會得獎的。原本只是個提議，後來，卻成為團體的強烈共識，連這個女兒也想，她們應該走出牡丹，把歌聲唱給更多人聽。

老師和同學興奮地安排行程，也包括到其他學校演唱的計畫。回家，女兒興奮地跟媽媽分享，連媽媽也覺得高興。

問題來了，學校願意提供捕助，但經費還是不夠。同學們垂頭喪氣，只差一點錢，理想就不能實現，她們展開募捐，四處籌錢。

女兒跟媽媽說：「可以剪掉我的長髮賣掉，籌這筆錢嗎？」媽媽望著女兒認真的神情，髮間遺留牡丹的香氣，這是女兒多麼珍愛的長髮，媽媽問道：「妳捨得嗎？」女兒說：「捨不得，但為了大家的理想，我願意。」那一刻，媽媽感動得濕潤眼眶，覺得她的小女兒真的長大了。

這是一名女兒，還是更多女兒的理想？是一個媽媽，還是更多媽媽們的不捨？在實現理想之前，我們必須完成犧牲的儀式。這個女兒從沒有將剪掉長髮想成是犧牲，她只是願意，願意，就很夠了。

女兒終於剪了長髮，沒有了那頭烏黑柔麗，她仍然是牡丹之花，牡丹的女兒。村裡的長輩和媽媽們現在都說，留著短髮髮型的女兒真美麗。

同學們完成了裡想，然後又回到了牡丹，照樣過著日子，也許並沒有太大的轉變，但真的，她們都長大了。

那個叫牡丹的地方，想來曾經開滿了牡丹花。鄉裡，妳見到的每名女兒，都是牡丹的化身。

九重葛女兒

女兒去陽明山賞夜景，撿到一隻臺灣土狗，從此無論做什麼事，都帶著這隻狗。當然，也不能說什麼事都帶著啦，還是有些事情不方便的，像是去上班，或是偶而會去跟男性友人喝杯悶酒，跟女性友人哈拉。

這隻土狗很可愛，她總覺得狗都帶著笑笑的表情。她喜歡這種表情，開始將土狗的日常生活貼上臉書，狗狗在廁所外等著她，狗狗在門口玄關迎接她，狗狗聽她訴苦後，臉上那抹神祕的微笑。她的標題總寫著「你看我的狗真可愛」，換來一百多個讚。

女兒把狗帶到爸媽家，爸媽起初覺得奇怪，要三十好幾的女兒結婚，她就百般推拖，說找不到理想的男人，卻寧願養隻狗。狗狗也不認生，看見爸爸就纏在身邊跟前跟後。到了那天晚上，兩老終於受不了，各自發表「哀的美敦書」。媽媽說：「你再養這隻狗，保證找不到老公。」爸爸則意味深長地說，讓他想起了九重葛。小時候他們家植栽絲瓜棚，但九重葛的藤蔓總是以旺盛的生命力壓抑弱小的絲瓜藤，霸占住藤架，纏的到處都是九重葛的地盤。媽媽補上一句：「說到地盤，這隻狗大概會把妳和妳那間套房，當作牠的地盤了。」

女兒想為她的狗辯護，便說：「在南美洲，九重葛的花語是『熱情』，形容這隻狗最適合了。」

但是這個女兒一點也不像九重葛，她從內到外好像和「熱情」沾不上邊，做什麼事都是懶洋洋，隨緣自來去，包括愛情在內，她的爸媽早就看在眼裡。

她會想放棄這隻狗，並不是因為九重葛的緣故，也不是為了缺乏熱情，而是在大都會生活裡的一名單身女子，要養一隻如此纏人的狗，實在不是心力和經濟能夠負擔的。她悄悄的想，也許催婚的媽媽從沒有告訴她的是，多年下來的婚姻，會不會和養一隻狗差不多？

她拍了更多狗狗的照片，狗狗在公園撿球，狗狗和她在陽臺曬恩愛，狗狗綁著抗議標語參加反核遊行，貼上臉書，招來一百多個讚，但她的標題改成：「妳看我的狗多可愛，妳還不來養他？」

一隻纏人的狗、九重葛和兒女，這三者間有什麼相同的地方嗎？答案應該是因人而異的。有個感興趣的網友問：「牠叫什麼名字？」她回答：「九重葛，因為花語就是『熱情』。」這樣的關聯應該也算，但她知道應該不是為了如此的緣故。

過了一個多月，她有點捨不得了，準備接受九重葛的長期糾葛，卻有網友真的要來認養，也許，這樣也好，女兒說，她再想看看。

鳳仙花女兒

不該透露這間女中制服的顏色，因為實在很容易聯想到。在這個班上，頭一天的新生報到，就發現班上有十六個大女兒，於是起鬨成立「大女兒俱樂部」，矢言維護大女兒權益。大女兒有何權益可言？話說從前，大女兒常被貧窮的爸媽犧牲，得去工作，如同油麻菜仔命。但時間來到她們這一代，她們憑聯考擠進明星高中，得到最好的機會和爸媽的期許。有個大女兒同學提議，採用非洲鳳仙花來當她們的精神象徵，「為什麼？」其他大女兒問。「一碰鳳仙花，種子就彈出去，灑滿了大地，容易生長，原野上到處都開著花。」「喔，你很容易養的意思嗎？」有位大女兒問。

在班上，大女兒自然成為其他女兒們諮詢的對象，凡是家裡的疑難雜症，包括怎樣跟爸媽要零用錢，怎樣對付煩人的小弟，或是跟姊妹間的心結，大女兒俱樂部似乎都可提供處方，當然，家家有本難念的經，這些處方也常有出槌的時候。再怎麼樣，這群大女兒仍是其他同學的偶像。

畢業後，她們保持聯絡，自然也遵照達爾文的法則，有人上去了，讀國立大學，工作，當職場女強人。也有人大學畢業後，找張「好人卡」，當起好太太生小孩。但也有三個高中成績優異的同學，不得不懷疑丈夫有小三，三天兩頭就想跟蹤下班的老公。她們在聚會時分享心事，有人提議成立「大老婆俱樂部」，便獲得全數通過。然而，還可沿用鳳仙花當精神象徵嗎？「為什麼不可以？」大女兒說：「大老婆沒有處處開花嗎？」另一個大女兒說：「大老婆可不好養，要起贍養費才讓男人知道厲害。」

時間過得真快，距離她們從高中畢業已過了四十年，她們聚了一次會，那天只來了六個人。原來的大女兒們，已有人早早離開人生舞臺，也有人終於離婚，恢復單身身分。那天來的三個人，不約而同拿出孫子的照片，想和老同學分享新生的喜悅。於是，又有人提議，成立「大祖母俱樂部」，但是，還可以繼續用鳳仙花嗎？

最早提議鳳仙花的那位同學，現在也當上了祖母。她說，從沒有想過人生會走到這一步，老同學安慰她：「一個高中女生趴在窗臺邊做白日夢，想著她的白馬王子時，應該不會想到自己當祖母的模樣。」

生命，其實多麼像一株非洲鳳仙花，彈出去的種子，從無法預料會落在哪塊土壤上生根、發芽、茁長。

夾竹桃女兒

情感的路崎嶇轉彎，女兒從沒有想過，她會愛上一個已婚男人。事情就是發生了，但女兒想，她是理智的，像她的媽媽。她隨時可以停止這段中毒般的戀情，「停不下來的，也許是那個男人。」女兒心想。

一個理智的媽媽生出理智的女兒，如果這是鐵律，外遇和小三理當沒有發生的機會。小三不常就被當成不理智的情熱嗎？女兒來找久不見面的媽媽，想跟媽媽分享她的猶豫，想得到媽媽理智的回應。媽媽只應了一句：「這個男人值得留戀嗎？」

女兒望著媽媽的神情，想起小時候，家附近在圍牆後的一排夾竹桃，豔麗花蕊迎風招展。媽媽卻用同樣神情告訴她：「千萬不要去迷戀夾竹桃，夾竹桃有毒。」

媽媽的話，真的發生作用，記憶裡，她不再接近夾竹桃，包括某些男人的追求，她是個聽話的女兒。

其實，歲月這麼漫長，遇到的誘惑何其多，她曾靠近觸碰禁忌的邊緣。有一次，她真的想去摸夾竹桃，那日風和日麗，夾竹桃鮮豔欲滴。她的手指已快觸到花瓣，這時，彷彿聽見了媽媽的嘆息，手縮了回來，終於躲開。她只有那麼一次接近夾竹桃的誘惑，但關於異性，就不是如此。

這個理智的媽媽，對於女兒將會遇到的誘惑，似乎早有預知能力。媽媽僅是如此忠告：「女兒啊，有些桃花運是可以交的，有些桃花是碰不得的，妳要想清楚。」

女兒說：「媽媽，我們在他們眼裡才是桃花，如果妳是個男人，妳說，我這朵桃花值得碰嗎？」媽媽一時無語，其實想告訴女兒，年輕時她曾想過如果她是一株夾竹桃，是不是也會好奇被人觸摸的感覺？

「想清楚」的意思，就是媽媽所說的「理智」吧。女兒怎麼也無法想清楚，小時候，是誰那麼神采飛揚的打扮，塗上口紅，去赴她從不知道的神祕約會。回來後，才唉聲嘆氣，流著眼淚跟她說：「女兒，要爭氣啊，沒有一個男人是可靠的。」

記得小時候，媽媽帶她到一棟樓房前，卻不進去，等著，女兒問道：「媽，我們在等誰？」問多了，媽媽才說：「等你爸爸，他們全家住在這裡。」這場等待一直穿過她的童年和少年，可是，等了那麼多年，父女從沒有見到面。

可靠的男人，也許就是夾竹桃，是她們母女摸不得的。哎嘆一聲，女兒記住了媽媽的「理智」。她的心中，遺落了初夏的那株花朵。

曇花女兒

曇花只在特定的季節開花，要運氣好，才有機會目睹潔白噴射狀的花朵。大多數時間，當曇花靜靜的不開花時，我們只能追憶。但對一個父親來說，只剩下追憶當然遠遠不夠。

總說女兒是爸爸前生的情人。國中時，女兒在外面被欺負，就寫信給爸爸訴說愁苦，那時，爸爸是女兒的靠山、城堡和惟一的騎士。爸爸還留著女兒二十八歲生日時，寫給他的信：「爸爸，您是我今生惟一的情人，我的所有心情，只有爸爸您知道。」那時，連女兒自己都以為，她不會愛上其他男人。

當然，關於父女間的微妙情愫，「惟一」的這種感覺，常常不會成真。女兒給爸爸寫信的次數隨歲月短少，她的心開始游移，有什麼內心話也不再跟爸爸說，她的心開始容進其他男人的影子。

爸爸們或許永遠忘不了，瞧見有男生給女兒寫的信的那一刻。或者他們不小心拆開且讀了女兒寫給男生的信，或是日記，或是作文簿，或是臉書上的留言，爸爸們總是發現，總有一天，他們「惟一」的位置會被挑戰、動搖。

爸爸默默注視著女兒嫁給了一個男孩，冠了一個姓氏，內心難免有著一絲的焦慮和無奈。那個男人從各方面看條件極優秀，舉手投足和女兒的爸爸還頗神似，是眾人稱羨的佳偶。也許男人的條件太好反而是致命傷，結婚才一年，殘忍的家暴和小三事件接連發生，爸爸接到消息時，女兒已憤而走上絕路。她想一躍而下即解脫了一樁不幸的婚姻，她寫給爸爸的最後一封信：「爸爸，您始終是我最愛的男人，在這世上，我們的父女情就像曇花，就讓它留著剎那短暫的美麗。」

用曇花來形容一段感情、親情，是足夠的嗎？什麼才是長長久久的父女情？告別式上，爸爸寫了一封信，卻不忍念出來：「女兒啊，沒有哪個男人、哪段感情，偉大到讓妳做出這種事。」那個極度激情的時刻，女兒早就已經忘記，多年前她仰賴爸爸的那種感覺，她甚至連訴苦都已不願意了。

從此以後，爸爸開始寫信給女兒，跟女兒傾訴追憶的苦。彷彿曇花只綻放了一個晚上，在拂曉時凋謝，卻足夠這樣長長的追憶。每天，爸爸都會寫一封信，那是他晚年後的慰藉，但心情既無奈又有著一種無法說出的什麼。他想起看著女兒的成長有如觀看一朵曇花，是欣賞著那短暫的美麗時光，還是，總還是會擔心著，女兒的青春，何時會真的會逝去？

寫過的信，就放在一朵曇花植栽的旁邊，等待下一次的綻放吧。

紅景天女兒

在中醫診所內，小女兒乖乖坐著看書，身旁的電腦播放林志炫唱歌的畫面。媽媽輕快地跟她聊起空中補給和林志炫，前面是媽媽自己青春時的偶像，後面的則是媽媽試圖抓住青春的努力，小女兒是媽媽最好的傾聽者。

爸爸為病患看診、把脈和經絡治療後，為病患插起頭針。他原是有二十年資歷的西醫，改行投入中西醫整合和順氣療法。病患插上頭針，就和小女兒坐在同一個空間內，同情地望著他們頭上的針。

但仔細一看，五歲小女兒頭上，也插著三根針，她安靜地承受著，這是老爸的傑作，說是要盡量改善小女兒的近視。看到的人難免好奇問道，小女兒為什麼這麼「勇敢」？其二，小女生的近視，可靠頭針治癒嗎？

第一個問題的答案，是媽媽給的。她生了三個女兒，小女兒從小就在診所內乖乖坐著，變成診所的風景，她看多了後，當然比起同齡的女孩，更敢承受爸爸的頭針，媽媽說：「這就叫耳濡目染。」

第二個問題，自從老爸從西醫轉學中醫後，三個女兒從此不再碰西藥。舉凡感冒、跌打損傷、不舒服的症狀，老爸就說：「來，我給你插頭針。」老爸學針灸時，女兒們就是他最佳實驗對象，頭上的每個穴位、身體的經絡息息相通，拜成長間各種疑難雜症所賜，女兒們頭上的穴位，已經插遍了爸爸的針。對女兒們來說，一根根的細針，和插上前擦拭、飄散的酒精味，就是爸爸的氣味。

有一次，二女兒在學校運動會跌倒，扭傷腳踝。老爸當下決定為她的腳插上兩針，外加經絡按摩，也不讓女兒碰藥物，類固醇是老爸最痛恨的字眼，也轉為女兒們的信仰，他們從小就熟悉的，是像紅景天這樣的味道。

對於親情，是像紅景天這樣的補品，多年生草本，覆瓦狀排列鱗片狀的葉，花朵的上下部長著肉質的葉，可入藥，理氣養血又補腎。對於女兒，在爸爸心裡，也像紅景天如此的滋養著，簡直可治百病。

在女兒們的成長過程裡，每個階段，每種疑難雜症，都有爸爸的頭針隨時伺候，像紅景天這般的無所不在，也像極紅景天，幾乎可做所有的承諾。大女兒那天看到，有個三十多歲的婦女來看「月經失調」，過了幾天，又有個五十多歲的婦女來看的是「更年期障礙」，頭上插針，就坐在她的前面。她若有所思悟著，看見自己來到了更年期，而已經堂堂老年的老爸一把針穿越歲月，來為她插上了頭針。這樣想著，讓大女兒覺得幸福起來。

桂花女兒

她的名字和「桂花」沒有一點關係，但這名女兒提起桂花，總有股特別的親切感，那種感覺，真的很前世今生。

也不是因為國中時，喜歡過蕭麗紅的那本《桂花巷》小說。有一段歲月，她的愛情觀其實頗受小說影響，但哪個女兒不是這樣長大的呢？總是有人告訴她，更小的時候，大姑婆，也就是祖母的姐姐拿她的八字去算命，說她那叫做「桂花命」。她從來沒見過大姑婆，只知道四十多歲就因病去世的大姑婆早早守寡，但算命仙鐵口直斷的一句「桂花命」，從此緊緊貼在她的額頭上，公告家族。

「桂花命」會不會就像鹿港老街會遇到的傳統女子，全身桃紅綢緞，小碎步，說起話在胭脂小嘴上掛淺淺甜笑？這種女子命的特質就是溫柔、聽話、逆來順受和認命，像臺灣人常給女兒取的一個名字「怡君」。她當然也不叫這個名字，但她真的生長在一個父權的大家庭，爸爸沒吃飯，全家都不能開動，父家長的決定總是不能違抗。爸爸為她做的任何事，包括幫她填大學志願，總只是告知她，早早就為她做了決定。

沒進社會工作前，任何重大的決定，她總是推說：「爸爸是這樣說的。」工作以後，權力和決策則改成來自其他男人，包括她的主管，但還是男人說了算。她心中雖然有百般委屈，而且知道她的看法是正確的，仍然露出桂花般的笑。

多年前，當新來的總經理將她冰凍，還摘掉她的「總編輯」，塞給一個「資深產品開發師」的職務後，她多次在主管會議後面對父權的質疑而落淚，落淚後不忘她招牌的微笑。一個女兒的「出走」在四十多歲時終於成行，那些已習慣自身「桂花命」的，在男人和父權世界翻滾多年的手帕交和女性友人集體出資，讓她去開了一家出版公司。她累積了多年的人脈和經驗，早就讓她有資格從「桂花命」出走而不自知，經營多年，已成為臺灣一家小而美的出版新秀。

然而，一個屬於桂花的女兒，究竟應該是何種面貌呢？桂花出現在種種場合，加進酸梅湯增添甜味，在酒釀旁演出自身，或只是在暗夜裡發散甜甜的香氣？她曾經被父權體制如此的規範要求，終於才決定了自己的命運：桂花就是桂花，不為別人而盛開。

也是許久以後，她才知道的事。其實，當年算命仙斷定她是「桂花命」時，還加上了一句：「這種命就是越晚開花才越香。」當家族長輩提起這個多年前的預言時，桂花的女兒，仍舊甜甜的笑。

海棠女兒

小時，媽媽常把女兒叫醒，睡眼惺忪的，就要她試某種藥膏、面霜、乳液，用盡力氣擦拭女兒下巴的那塊疤，要替她消除掉，好像這個媽媽覺得，把女兒生成這樣，是媽媽欠她的。

媽媽說，女兒的疤塊，像一片海棠葉。初時只是淺淺的，像不小心擦到的口紅，隨著歲月加深色澤。她在學校的外號就叫「海棠」，同學常取笑她，暗地說「她以後會有男人要嗎？」這種話總是會傳到她耳裡，她很想掩蓋、遮蔽，恨不得媽媽沒生她。

她一直不太照鏡子，忘掉自己有塊疤，非得照相時，卻下意識地想遮住下巴。和男生聯誼的場合，她當然不去，一想到有男生看著那塊疤露出的表情，她就冒冷汗。有一次，一個轉學來的女生問她：「你這是受傷還是天生的？」女兒氣得不跟她講話，轉學生帶她去女生廁所，解開胸前鈕扣，給女兒看她三歲時燙傷留下的一大片創疤，她們變成了好朋友。

別的媽媽帶青春期的女兒買胸衣、試化妝品，從小，媽媽卻最常帶她上診所，跟醫師問一大堆問題，拿各種藥兼帶外用藥膏回來，提醒她記得吃藥。她覺得自己是一隻出品時做壞的白老鼠，只因臉上開了一片從不凋謝的海棠葉，她就不再是媽媽最愛的女兒？

她總是覺得，媽媽給她生了這塊疤，卻沒有教她如何觀看，如何把疤當成她的一部分，學會如何共處。似乎，媽媽始終將她當成一種醜陋，是家族見不得的印記，她偷聽到媽媽和阿姨的談話：「我這個女兒其實是漂亮的，只不過有點『怕剩』。」美麗和醜陋，這兩個形容詞同時在她心內翻攪，形成暗夜風暴，她只知道「怕剩」就是「可惜」的意思，「還是，」女兒心裡繼續翻攪，「只怕自己是剩下來的那個，是命運挑撿剩下的女兒？」

最後，女同學的詛咒沒有成真，還是有個男生不怕她的疤，喜歡她的溫柔持家性格，「像大片秋海棠葉，撐起了花朵的美麗生命。」熱戀時，男生寫來的信都以「海棠」開頭，生日時送她海棠花，「海棠」其實是這個女兒的幸運符，喔，這是她自己從未得知，媽媽也沒有教過她的。

是這樣說沒錯啦，但當一個女兒面對身體的異樣或嘲笑，雖然走過，她也不希望曾經擁有。她在產房陣痛生產，丈夫和媽媽等在病房外，當醫生跟她說，生下的是個女兒時，她懷著忐忑不安的心情，第一次抱女兒就往女兒的下巴瞧去，命運的開場就在此刻揭曉，女嬰看著自己的媽媽，發出響亮啼聲。

苦杏仁女兒

這是不容懷疑的，如同苦杏仁的氣息，她是一個女兒。

她爸爸開計程車。五年前深夜返家，接到女兒的電話，說她當晚十點要剃度了，邀父母上山觀禮。媽媽淚流不止，無法言語，爸爸回了一句：「嘿，我才剛回到家呢。」

再見到這個女兒，已現出家相。媽媽總覺不捨，看見她就說：「女兒，這個家的大門總是為你開著，你隨時都可以回來。」

女兒回答：「媽，你想太多。」

出家了，爸媽心目中，還是女兒。女兒常叫爸爸的計程車接客上山，車資當然照算，深夜山中無人，女兒的身影在大殿前的婆娑燈火告別爸爸。

「做父母的當然不捨，」爸爸說，「但我看得出來，她現在過得很快樂，一個父母希望兒女擁有的，難道不就是快樂？」

計程車車窗懸掛著「時輪金剛」和一串乾枯的苦杏仁果，杏仁性澀，嘗起來有苦味，卻能治咳化痰、益氣滋肺。這個女兒小時肺不好，久咳不癒，爸爸聽了親友的建議，摘杏仁果碾粉泡茶。女兒不喜歡杏仁的味道，不喜歡喝，這是她小小的叛逆，但後來爸爸卻常掛著一串乾掉的杏仁果。我問爸爸這象徵什麼，想說什麼？老實個性的爸爸沒有直接回答這個問題，我想，女兒當年可能和爸爸一起碾過杏仁果。

媽媽還是在等待女兒回家，保留著她的房間。女兒十歲時，媽媽早早買起來的洋裝，還掛在衣櫥，等待久未現身的女主人，希望有一天門鈴響起，女兒就站在門口。但爸爸跟媽媽說：「女兒快樂就好，快樂是最重要的。」幾乎每個禮拜，爸爸都會載人上山，山上拜拜時更常有機會見到女兒。

爸爸的心情，有點像苦杏仁般的矛盾：「我也是捨不得啊，出家也是清苦啊，但我卻不要她放棄，如果她回家就表示她放棄了，那不就太不像我了嗎？」

中年前，爸爸沒能想像過，女兒的生涯會如此轉折，但女兒就是女兒，她們會長在自己的枝葉上，也許日後摘下成長果實的也不是父母了。每個父母其實都不太能確切掌握兒女將來的發展，只有把握在每個當下裡，在杏仁果實最鮮美的時刻，留下那絲淡淡的苦味記憶。

這是不容懷疑的，父女關係也總像這樣，相聚時還不覺得，如同苦杏仁，吃進那一絲苦味，一點點的回香，卻絕對滋養身心。爸爸開始安慰自己和媽媽：「不過，話說回來，山上清新的空氣，對她的肺是有幫助的。」畢竟，能夠快樂，那才是最重要的。

鬱金香女兒

媽媽常記得要插花這件事，整理好一束鬱金香，說要送去給趙大哥，是她堂叔的哥哥吧。她走出家門，意識卻斷了線，就站在家門口。女兒挨過來牽媽媽，媽媽茫然看著：「妳是誰？」

媽媽倒很少問過「我是誰」，這是他們的心智特性，隨著記憶的遺落、碎細，媽媽比較常問：「我在哪裡？」

又隔了一天，媽媽又插了一束鬱金香。鬱金香適合送禮和告別的場合，記憶清楚時，媽媽這樣說過。從鬱金香的黑色和深紫，人們常聯想到告別和離開。

媽媽常跟女兒說，她要打電話給以前老家的老鄰居，「我們要搬家了，都沒有好好地跟人家道別。」媽媽是個有禮貌的傳統女子，女兒暗自噙住淚，搬家，早已是二十年前的事。

每隔幾天，媽媽又著急起來：「我的鬱金香呢，快，我沒有時間了。」女兒趕緊取出昨天買回來的鬱金香花束，拆開絲帶，讓媽媽重新來整理、剪裁枝葉。總是鬱金香，一個失智症媽媽對此種花情有獨鍾。女兒一直想知道，鬱金香到底在媽媽遺失的生命裡，扮演過什麼樣的角色。在記憶的深處，據說掌管語言的是額葉和布洛卡區，灰白質的腦層，必曾竄流著鬱金香的花影。難道，鬱金香就是連記憶都失落後，仍然緊緊抓住一抹芬芳嗎？女兒知道，有了鬱金香，這個媽媽就不會真的告別和離開。

意識清明的時刻，媽媽突然若有所思看著女兒：「妳對我真好，拿我的存摺來，妳去領一點錢，給自己買件禮物吧。」女兒又好笑又感傷，她很想說：「媽，妳才對我真好。」去領了自己的錢，給媽媽買了條新的披風，選的也是鬱金香的花樣，披上去時，媽媽陷入了恍神，很久很久，才又問女兒：「妳是誰，我的女兒到哪裡去了呢，怎麼都不理我？」一天內，清楚的談話已越來越短，短得讓女兒不知如何抓住，來不及跟媽媽講幾句真心話，每次，感覺都像是意外的驚喜。

媽媽帶著整理好的鬱金香花束，又要出門了。女兒扶著她，這是她們一直以來的相扶姿勢，「快，我們快去找趙大哥，沒有時間了。」對失智症者來說，到底時間又是什麼樣的意思呢，她會不會也忘記了，在「沒有時間」的時間感裡流逝的心靈。

媽媽的腳步已顯得蹣跚，僅剩的一點意志力還在老去的身軀內驅使著她，如同神祕的花香，誘引著媽媽的前進。媽媽站在門口，女兒等著，緩慢的，等著媽媽進入遺忘的狀態。女兒從沒有想到怎樣讓眼前的媽媽曉得，趙伯伯，也離開快十年了。

跳舞蘭女兒

盛開的文心蘭，擁有各種名字和傳說。有一種迷人的說法，說像極跳舞的女孩張開雙臂的姿勢，所以又取了個「跳舞蘭」的別號。

確實，在這名女兒學現代舞的過程裡，她常在一段舞碼後面向觀眾如此收場。小時候，爸爸帶她去學芭蕾舞，最後的收場總是含蓄的，收攏手腳，如天鵝闔起羽翎，休息。只有在現代舞裡，她才能放開姿勢，讓自己變成一朵文心蘭。

在宜蘭的小鎮，在爸爸開的西藥店的那個夜市，一個想去跳現代舞的女兒，既要勇敢離開父母的懷抱，相當程度上，也代表著她的背叛。爸爸其實最多只能接受芭蕾舞，認為「可以培養氣質」，將來嫁個老公來繼承這間藥店。女兒的舞步卻越跳越遠，從此不再回到爸爸期待的人生路。

女兒在美國的現代舞團跳舞，通過甄試，成為正式團員。她詮釋的米地雅如一把火在燒，神話裡女兒和父神的糾葛和掙扎，就是舞臺下這名女兒的內在能量。

女兒不知道，為什麼這麼輕易的就跳離開了爸爸的期待，更多的女兒總是深陷其內，用一輩子和一個爸爸的象徵從事爭鬥。更要緊的是，這個爸爸後來是以女兒的成就為榮的，像他自己是個園丁，而女兒就是他栽種的文心蘭品種。別的女兒羨慕地問她：「是怎麼辦到的？」她聳聳疲倦的肩膀，「反正就是要照顧好爸爸的情緒，別讓爸爸難為情。」但重點恐怕在後頭，「做什麼都要努力，努力的跳舞，努力的抽筋，努力的流汗。」

每個女兒後面拖著一副命運枷鎖，如穿上那雙一跳就停不下來的紅舞鞋，她若膽敢對父親的安排提出異議，膽敢嫁給爸爸不贊成的男人，去異國舞團闖天下，她就要吃了秤砣鐵了心，決意要闖出一番名堂。當然，這也是一名女兒的功課，當她違背了爸爸的心願，未來到底是幸福還是悲慘，她會得到一張世界的邀請函還是絕情書，還沒有人真的知道。

爸爸媽媽的枷鎖則是，她們得陪兒女走過那些不確定的歲月，有時候，這得心臟夠強才辦得到。那陣子舞團沒收入，爸爸總有股衝動告訴女兒：「舞跳不下去，就別跳了。」卻始終沒有說出口。

也不是每個女兒都想當跳舞的文心蘭，一朵張臂跳舞的花似乎永遠沒有休息的時候。或許，這是這個女兒的選擇，長久以來的緊繃和張開，她總是輕描淡寫，她的座右銘是重重躍起但輕輕落下。爸爸全看在眼裡，爸爸全都知道女兒的辛苦，他仍守著那家西藥店，當女兒像個大明星出現在街坊時，爸爸總是等著。

玉蘭花女兒

想聽這個女兒的故事嗎？得從老爸說起，她記得老爸腆著肚子坐在文旦樹下乘涼，看到兒女回來，也不太講話，那是他很老以後的事。

老爸晚年生了一場怪病，叫做一個名字很長的病，他年輕時，常常不知從哪裡帶一把種子，有時就帶一根枝回來種，屋前的那個園子，種著他帶回來的菜果，像是他的秘密花園。有一次，長出了一棵樹，結綠色的，比芒果還大的果實，剖開來吃，有種米放太久發酵的味道，女兒就那次吃過一次，後來再也沒有吃過。成熟的果子，分送左鄰右舍、親朋好友，後來，天氣開始變熱，後庄就有人一直問，想來要果子。她心裡還想，那麼難吃，要拿去餵豬嗎？

有一年，老爸興頭高，帶回一株怪植物，就在甘蔗田邊緣搭鐵絲架，讓怪植物自己沿著鐵絲一直蔓長，長出帶刺的葉片，很像仙人掌。後來，結出紅色的果實，每一顆都像一團火。老爸喜歡自己一個人穿過甘蔗田散步，路的終點就是那片怪植物。

玉蘭花不是老爸帶回來的，原本，後院有一棵老榕樹，老了，不知什麼時候倒下，樹幹卻繼續長，像一尾蟒蛇占據了整個後院，打開廳堂神龕旁的門，就可看見那棵榕樹擠在後院的空間，讓人喘不過氣來。但有一年，有棵玉蘭樹自己發芽，慢慢長大，就立在榕樹的氣根旁，玉蘭樹默默開潔白的花，在夜裡發散香氣。她跟老爸說，榕樹和玉蘭樹，就像父和女，一個嬌小，另一個在女兒心裡，胸膛結實，永遠都像棵大樹的姿勢，老爸就一直笑，一直笑。等到他生了那場怪病，躺在醫院裡，不再能夠講話，他真的變成那棵榕樹。

女兒最喜歡玉蘭花開的季節，清早三點，她就起床摘玉蘭花，扛着竹籃，走到鎮裡的早市賣，每天來回都要走上十里。她一點也不知道，從那棵樹摘下玉蘭花，是老爸走了後，讓一個女兒最快樂的事，好像他還跟著她，走那條到市場的路。

老爸生病住院，後來都不太認識人了，女兒每次去醫院看他，都會摘一盤玉蘭花，放在床邊，希望他能想起來，

老爸在的時候，就一直帶各種種子回來，在那片園子長出各種花果。園子角落，那叢招來最多蝴蝶的紅花，卻可是女兒種的，那時候，她心裡就盼望，自己的女兒將來就要長這個樣子。她悄悄的種下那株紅花，細心的照顧、澆肥。

那叢紅花枯萎後，隔一個冬天又重新發芽、開花，這麼多年後，早已不是當初她種的那一株，但她一直記得要讓那個角落長著紅花，當其他的花朵凋謝，果實採收，她每天摘下紅花，走過那片甘蔗田，放在老爸的墳前。

聖誕紅女兒

這是不能懷疑的，她是一名女兒，但二十歲前，她不非常確定這件事。

二十歲前，是身分和親情的飄零，是一個從小沒有爸爸的小女生和媽媽辛苦的生活。美國爸爸早早就遺棄她們，返回美國另結家庭，這是她長大後才補齊的情節。小學放學回家，她問媽媽：「同學都有爸爸，我怎麼會沒有？」媽媽聽了就哭。然而，一個女人一旦決心要從丈夫背叛的陰影中，長出自己的影子，需要多長的歲月和力氣？她從小女孩變成了女人，甚至有了自己的女兒，也沒能好好處理媽媽的眼淚。

媽媽去世後，她從記事簿找到爸爸的名字和地址，在美國明尼蘇達，便寄了一張聖誕紅圖案的賀年卡。最初，只是想跟這個名字說媽媽走了的消息，她覺得她終究有這個義務。

過完年收到對方的回信，也是張卡片，寫著他很遺憾。就這樣，搭上了一名女兒和爸爸的聯繫。她只在過年和父親節前寄一張卡片，選的都是艷紅的聖誕紅。也許，這個女兒想給素未謀面的爸爸，留下這樣的印象。

後來她帶女兒去美國和爸爸見過面，然後淡淡告別，又回到臺灣。從此那個名字就能搭配上一張臉孔，還有蒼老的皺紋，不再是小時幻想過的，那種詹姆士史都華般的老爸。

她幻想在聖誕紅盛開的季節，和爸爸在臺灣團聚，這類幻想讓她心痛，卻從沒有成真。

每年，在賀年卡上，她就邀請一次：「爸，我愛你，你要來臺灣嗎？」感覺上，跟一個陌生又熟悉的名字說「我愛你」，比跟一個眼前的男人說容易得多。

第二年，再加重語氣邀請，請爸爸來臺灣看聖誕紅。回信超級簡短：「謝謝，」附加一句：「在明尼蘇達就有聖誕紅。」難道這句話的弦外之音是，隨著年歲變遷，這個名字也不再想扮演她幻想中的爸爸？這個女兒從沒有和爸爸一起度過的，在她最需要的時候，沒有爸爸的眼神呵護和肩膀依靠。她幻想的爸爸，其實只是卡片上的聖誕紅圖案。即使過了當令，也不會凋謝。

「爸爸，我好愛你。」她只希望有個爸爸能跟她說同樣的話，就算一次也好。但那個名字繼續只是冷冷的禮貌回應。

我們，無論扮演的角色是一個女兒、兒子，或是一個爸爸、媽媽，何嘗沒有自己心中的聖誕紅？當幻想化身為幸福的現實？

所以，這是不能懷疑的，如同在某個季節，明尼蘇達一定盛開的聖誕紅，如同每個來到天涯的女人，終究也是一個女兒。

紅薔薇女兒

女兒的房門邊牆上，貼著四張照片，有同學、剛認識的朋友，或她有好感的男孩來，她都會問道：「你喜歡哪一張，誰對你最有吸引力？」

初次聽聞問題的男孩審量照片，也審量問題裡的陷阱。中間那兩張照片，分別是奧黛莉赫本在《龍鳳配》的劇照和林青霞，男生一看就認出來了，他們於是指著最右邊，有張明星般燦爛笑容的女子，說道：「她啊，她演過哪部電影？」

女兒回答：「沒有，她是我媽媽。」

牆上的照片隨歲月發黃，是這名女兒的偶像。成長的歷程裡，那個女孩沒有迷上過奧黛莉赫本和林青霞的呢？她卻記得在苗栗的童年歲月，小小年紀的女兒望著媽媽在鏡子前塗口紅，還問她：「女兒，媽媽穿哪件衣服好看，妳覺得呢？」

她覺得媽媽真美，真好看，身上真香。在苗栗，那個女孩不是唱著郭芝苑的〈紅薔薇〉長大的？她媽媽就喜歡穿薔薇色的連身洋裝，還自己畫圖請裁縫剪裁的。從女兒有記憶起，媽媽就是一朵紅薔薇，女兒則是那帶刺的枝。

媽媽也教女兒唱過〈紅薔薇〉，唱過後，把歌詞代表的意思，留給女兒的一生吟唱、咀嚼。紅薔薇畢竟只是臺灣小城的一抹寂寞紅，這樣被暗示著的女兒，有一天會離開家鄉，兀自紅遍一個夏季的山頭。

女兒不僅想擁有媽媽薔薇般的臉色，還有她對家庭的想法，她的價值觀，她對異性的吸引力。她覺得媽媽走進一個房間，整間屋子會跟著發亮。做為一個眾人公認美人胚的媽媽的女兒，日後千迴百轉要遇到這個問題：「如果是我媽媽，會選擇這個男人嗎？」她簡直不知要用何種標準，為她媽媽物色一個夠格的女婿，而她長的像爸爸。媽媽總透過鏡面默默望向她，沒有離開過她的意識，總像在問：「女兒，這樣好看嗎？」

女兒永遠記得，才八、九歲，她學媽媽塗上口紅，偷偷穿上那襲顯然過長的連身洋裝，在苗栗的小城街道行走。她內心害羞不安，卻又想讓別人看看這個像極媽媽的小女兒，那次，是她的愛麗絲夢遊記。她只是恰好沒喝到能突然長高的神奇藥水。她跟芝苑仙住同一個小城，曾想上門問一個簡單的問題：「紅薔薇，是不是在描寫一個苗栗的媽媽？」哎，芝苑仙會怎麼回答來著？直到現在，只有苗栗老家衣櫥好好收藏著那件薔薇色的洋裝，記著一個小女兒曾經的心情。

直到現在，沒有人知道，她房門口那四張照片，最左邊的那張，從沒有人認出來過的，是她最盛開的時候。

紅玫瑰女兒

網路上流傳一張正妹穿學士服，高叉間露出一點點腿的照片，網友大力按讚。更特別的是，那張照片是女生的爸爸拍的。

爸爸拍子女，一點也不稀奇。在部落格和臉奢上，爸媽將子女成長的照片貼上網，有爸媽還每天貼，變成「部落格日記」。有人說，這是「家庭影像公共化」的年代。但是，把已成年的女兒當成模特兒拍，還拍得這麼藝術的爸爸，就較少聽到了。

爸爸說，「因為女兒喜歡被拍，我喜歡照相，所以一拍即合。」女兒會不會有這樣的感覺，套句過去的廣告詞，爸爸最抓得住她？從女兒小時起，爸爸的鏡頭就常對著她，拍下所有的角度，在鏡頭前，女兒做過許多事，包括吃飯、掉乳牙、耍脾氣和開懷大笑，從童年一路穿越青春期，父女間的默契和共鳴就這樣建立。

所有親子間的照相，是怎麼開始的，已經不太有人會記得。一開始或許只是為了記錄，和一種強烈的親情感動，但隨著作品累積，拍照已變成一種習慣，像隨時要把平淡無奇的生活停格住。我們也已忽略這原本是件多麼神聖的事：每個稍縱即逝的瞬間，都是獨一無二、絕無僅有的。

曾經問過一名愛拍照的爸爸，最喜歡小女兒的那張照片。爸爸想了很久，也翻找了很久，在尋找的過程間一再回復他的記憶，終於選了一張女兒拎著朵紅玫瑰花的照片。媽媽在旁隨即唱反調：「那張哪有好，我覺得沒有玫瑰花的那張更漂亮。」在媽媽眼裡，有了那朵玫瑰花，反而有礙畫面。我想，不管有沒有那朵玫瑰花，不管爸媽能否達成共識，這個女兒都是他們的寶貝。

從爸爸的視窗望出去，「看」見了女兒最美麗的一面。但父女間，卻可能對「看」和「被看」出現恆久的拉鋸戰。有位模特兒就說，她出道以後，曾經擔心爸爸的意見。從小，爸爸就極力保護著她，不讓男生多看她一眼，爸爸總說：「那些男生的眼神，都是不懷好意的。」想不到日後，女兒卻以「被看」為業，她熬了很久才建立自信，才克服父親加給她的障礙。

「轉過來，停住，左臉再側十度。」鏡頭前，爸爸這樣跟女兒說著。女兒乖乖的擺著姿勢，拿照相機的這個男人，是她這輩子最應該相信的男人之一，他們的親情已昇華為一種默契，也會是女兒和其他男人合作的基礎。她和爸爸的關係，將影響到她和其他男人的關係。

長大後的女兒看著那張已泛黃的、拎著朵紅玫瑰的照片，疑慮著：還有哪個男人能抓得住我，像抓住這朵紅玫瑰？

玫瑰色的女兒

御慈的身體停留在病床上，喚她不醒，眼臉腫脹，鼻和嘴巴插著管，不再是媽媽熟悉的，漂亮的女兒。

御慈曾經是一個女兒。媽媽最疼愛的，也最感到驕傲的女兒。從小，女兒就很會讀書，從不讓媽媽操煩，日後當上臺大醫院的醫師。但是，當創傷部的主任柯醫師對著媽媽搖頭，嘆氣，哀慟地安慰媽媽，女兒可能就回不來了。

其實很像是昨天的事，女兒考上北一女那一年，從瑞芳通車到臺北讀書，放學，再坐火車回家。一晚，媽媽接到女兒的電話，說她在火車上睡過頭，一路來到頭城，下車看著遠處的海。女兒問：「媽，怎麼辦？」媽媽說：「坐過頭了，就再坐回來嘛。」那一天，雖然時間晚了點，女兒仍然是回來了。這次，媽媽希望，被酒駕肇事撞飛，身體重重跌到地面的女兒，也只是坐車坐過了頭。

後來，媽媽給女兒在臺北買了間小套房，讓她不用再通車，但女兒離開了家，卻少在外頭吃飯。她每個禮拜回家一趟，媽媽為女兒準備好十二個便當，菜色全一樣，放在冰箱裡就可以吃一個禮拜。女兒從不會抱怨，也不會跟媽媽說，她吃膩了一色一樣的菜。

當醫生和家屬等待媽媽為女兒的下一步做決定時，要讓腦壓過高的女兒接受醫療，卻步上植物人的命運，還是……媽媽憶起車禍前女兒皮膚白皙的模樣，找到女兒小心保藏的國中周記，小小年紀如此寫著：「我們來到這世界，就是擁有生命，就好比一朵花，盡其所能綻放最美的一面，供人欣賞，也讓饑餓的昆蟲飽食那香甜的花蜜。」媽媽那時還不知道，媽媽和女兒，醫生和病患，就是昆蟲和花蜜的關係。

女兒喜愛的是桔梗花、粉紅的玫瑰花，她過於短暫的生命呈顯玫瑰色，如同照片裡臉頰上的那抹紅。女兒在醫院忙到昏天暗地，媽媽來為女兒的花瓶換上生鮮玫瑰，女兒捨不得丟棄下來的花朵，等著花瓣乾燥，便製成乾燥花。再當令新鮮的花期總會過去，反而是脫過水的乾燥花更易保存。玫瑰色的記憶，卻是一個媽媽為驟逝的女兒所能做的事。

媽媽不願意在她餘生的追憶裡，想起了女兒，就是最後的時刻，她躺在亞東醫院病床上，臉整個腫脹的模樣。媽媽記憶起女兒樂於助人的天性，那正是女兒當上醫生的初衷。媽媽總希望，還能接到電話，是那個看到了海的女兒打電話回來，要找到回家的路，海在她們的記憶裡，粉紅的玫瑰花也以最優美的姿勢，迎接這對母女。從想像裡回到現實，媽媽於是為女兒做了決定。

那一刻，媽媽知道，女兒再也不會回來了，以後，她像散落的玫瑰花瓣，活在更多人的身軀內。

野百合女兒

訓導主任通知媽媽，說她女兒勤於參加校外活動，這樣會影響功課，對未來前途也不好，要媽媽多注意。

媽媽到學校見訓導主任，已經上了高中的女兒，雖然功課普通，也沒讓媽媽操心過。訓導主任一見面就說，她女兒熱中參加社會運動，像反核或是抗議拆遷，都有女兒的身影。訓導主任說：「妳願意妳女兒將來成為一個反政府主義者嗎？」

媽媽笑笑：「這樣也沒什麼不好啊。」聽得訓導主任突出金魚眼，大搖其頭。

女兒念國中時，找到媽媽的一張舊照片，只見媽媽綁著頭巾，和一群帶著標語的同學在中正紀念堂廣場的照片。女兒對學運其實並無所悉，學校只教黃花崗，不會教野百合。女兒好奇問道：「媽，那是什麼時候的照片？」

媽媽緬懷往事，幽幽說道：「那真是段美好的時光。」當學生們在廣場矗立野百合雕塑時，媽媽也在場，她以為她永遠也不會忘記那刻的感動。

然而，後來臺灣社會劇烈變動，帶著媽媽也不得不奮力往前奔跑，接著畢業、工作、戀愛、生小孩一連串的生活壓力，早就讓媽媽忘記了在野百合前發的誓願。

現在的這個媽媽回到家，問女兒到底怎麼回事。女兒蹶起嘴：「都是訓導主任太保守，不准我們參加校外活動，還說學生只管好好讀書。」媽媽看著女兒，喚起她體內早就冰冷的基因，但媽媽當時並未察覺，當女兒問她：「媽，您說呢，我們應不應該去幫助別人？」

媽媽猶豫了一會，多年前，她好像也這樣問過氣沖沖從南部趕來責罵她的父親，她已忘記父親的回答，卻這樣回答女兒，「當然，這就是妳應該做的。女兒，妳不要忘記，讀好書以外也要關懷社會。」媽媽以為女兒一定會被這句話所感動，記下來當座右銘，女兒接著卻問：「那順序是怎麼樣？可不可以沒有讀好書，就只關懷社會。」媽媽心裡直想，當年，她可沒有這個膽這樣回答她的父親。

野百合的圖騰，早已從廣場消失，但是，野百合的精神長存，成為學運世代當上父母後的養料，她們，就是一對野白合母女。

管他的訓導主任。以後，女兒要去參加社會運動，都會跟媽媽通報一聲：「媽，您要一起來嗎？」下一次，當一群農民上凱道，或者藝文界每周五在中正紀念堂的反核活動，都能見到這群母女的身影。

輯二

女兒心事

總鋪師的女兒

不是，本來只有爸爸是總鋪師，女兒一開始不是，後來也不是。

是的，他們擁有共同的回憶。在雲林鄉間，辦桌時，爸爸和夥計負責蒸煮炒炸，女兒幫忙拼盤，擺碗筷，看到她，大人和小孩都叫她「總鋪師的女兒」。

酒酣耳熱，新人出來逐桌敬酒，女兒偷瞄幾眼新娘的樣子，回過頭看著在蒸氣和油炸聲間忙著下一道菜的爸爸，那道菜，也許是一尾糖醋石斑魚，或是代表大富大貴的老母雞湯，爸爸臉孔透著油光，沒有空留意女兒的心事，這個小女生心裡想著，有一天她也會當上新娘，有一場辦桌的婚禮嗎？

不是，那道轟動武林的菜尾雜燴，這個女兒一直沒有機會品嘗，總鋪師總要把他最精華的手藝留給客人。不過，其實也是因為辦婚宴的人家收回全部菜尾，要分給左鄰右舍。在那個年代的雲林，是鄉下小孩巴望甚久的豐盛菜餚。宴席散盡，夥計收拾碗筷桌椅，爸爸才有閒歇著，要她收拾菜尾，把雞、肉這些耐煮的食材倒進羹湯，一味的攪拌。

不是，媽媽沒有跟他們在一起。照爸爸的說法，媽媽不習慣這種有一頓沒一頓的日子，生下女兒的隔年，就隻身上北部做工廠業務員。她六歲後—其實更小以前就開始了，只是記憶模糊，父女開著一部小發財，往往在午後出發前往婚宴場合，或在廟前廣場搭棚燒鍋，一直忙到夜色昏茫。出發時，女兒總是坐在副駕駛座，望著鄉間沒多少顏色變換的景觀，小貨車常常被前頭緩步行走的牛車擋道，那是臺灣經濟正要起飛的年代。

是，爸爸的拿手菜是那道「紅燒虎掌」，在雲林鄉下，這道菜是有名的。曾有西螺的餐廳老闆吃到這道菜後，要爸爸傳授手藝，爸爸自豪的說：「這道菜將來要傳給我女兒的。」但爸爸從沒有真的教她，要女兒好好讀書，別學他做總舖師，連個心愛的女人也守不住。

是，女兒只知道做這道「紅燒虎掌」，需要四小時。用的是豬前肘的蹄筋，先炸過除油，放進大鍋一直翻煮調味，再放進電鍋燜燒，蹄筋既軟又夠味，這是辦桌的手路菜。祕訣則在於使用的調味料和放進蹄筋的順序，女兒長年陪伴爸爸，親見過多次，已記住了那個順序。

總舖師這個行業，留下的香氣和味道，往往無人能夠取代。有時是看見總舖師在時，品嘗著菜餚的那種氣氛，有時，就只是為了眾人齊集來吃辦桌的那種熱鬧感，吃下什麼，都覺得特別的美味，特別的值得懷念。

爸爸去世後，最讓顧客懷念的，就是這道「紅燒虎掌」了。結婚後的女兒每次回雲林，老鄉親就來探問：「妳爸爸沒有教妳手藝嗎，可能就失傳了。」傳承自總舖師的自豪，女兒說：「我當然記得爸爸的味道。」當然，就像她記得，從後面看著爸爸炒菜時，左右擺動的肩膀，她記憶中最溫柔的姿勢。有一次，在一場廟會的流水席上，爸爸回頭察覺了女兒的眼光，竟然露齒向她笑了笑，說：「快去幫忙，別靠近鍋子。」好大的炒菜鍋，只有爸爸才掄得動的鍋鏟，滿足一鄉信徒的胃。

她當然記得爸爸的味道，這是作為一個總舖師女兒的本分。這年的尾牙，在林內鄉的安養院，許多院裡的老人都記得當年那個總舖師的味道，他們在懷念味道的感傷裡老去。當年那個小女孩現在已是一個妻子了，她忙著炸蹄筋，調味，每個步驟如同爸爸仍在一旁觀看。當紅燒虎掌擺盤時，女兒聽見了，她聽見爸爸的低聲讚嘆。

是的，她做到了。

螃蟹的媽媽

謝謝。

生命有應當說謝謝的時刻，輕輕的，像一陣微風從嘴裡送出。幫助過你的人，在前頭走著像陽光照耀的人，跌倒時扶你一把，眼神總在人群中找尋你的人。

說謝謝，總是輕語細聲，有時如耳語，聲量只夠到讓對方聽見，記住。最能藏在心裡頭，像貓窩在一團溫暖的毛線球裡的，總是那些輕到聽不見的，總是已從樹頂飄落的，陽光跟隨著葉片的流浪。許多年以後，事物早已置移，卻仍記得曾在耳朵邊逗留的，那句謝謝。

我花了長長的三十年，終於才知道，最該感謝的人，我卻遲遲未能說出，必須等待一切都卸下心頭，必須，等待一首歌的響起。

據媽媽說，我是在臺南醫院生下的，她直等到陣痛開始，忍不住了，才由爸爸送往醫院。我從不記得自己生下的歷程，但我必定放聲啼哭，並沒有向這個世界表達謝謝的意思。或者，我曾以像嫩枝般的指頭，摸向我的頸間，預見我將來的命運嗎？沒有，那僅是我的想像。

有記憶起，我的脖子黏附一塊疤腫，如殖民地，從腮沿踏過頸間蔓長到胸部，有時色淺僅像臉紅擺錯位置，有時大片蔓生植作，紅腫齊發，招來熱、痛、癢和羞恥種種，是惡魔靠過來附身。卻不記得從什麼時候開始，我喜歡仰頭看我媽白花瓷般的脖子，紋路細勻，纖毛如藻。我很想跟媽媽說：「我但願有妳那樣的脖子。」

但我沒有。

於是有如此的記憶，六歲的暑熱季候，媽媽替我穿上高領的襯衫，才帶我出門。她低頭溫柔地說：「乖，別讓人看見你的脖子。」

我乖得像一塊快融化的太妃糖。但也從那時起，鮮少記得要把自己的脖子藏起，如此鮮亮的，那句話日後總如回音般響起。

有一年，已不記得幾歲，我從東門城沿勝利路走向成大，我已不記得那天要去哪裡，只記得渾頭冒汗，汗水如夏季的河水泛濫，但我卻不敢脫下那件長衣。我走進商店買汽水，女店員問我：「你是去游泳，還是什麼的？」

當紅腫附身作祟，懷疑總在無月深夜來到，像身體內住進他人，層層喚起皮膚上的火焰。我望向蠢蠢欲動的疤腫，輕語安撫：「乖，乖乖睡覺，別醒。」

難道，應該兇悍霸聲，驅魔師的姿勢，敲鼓燃香做一場法會，把身上的腫塊嚇走？從小，媽媽就讓我學會，我的脖子是祕密的咒語，寒暑或任何溫度變化，我從未穿過低領或圓口的衣服，努力遺忘，其實有根脖子連在我不斷起念的頭部底端。

也記得媽媽帶我去天公廟拜拜，燃燒紙錢，在瀰漫的香氣間，媽媽總是默默唸著同樣的禱詞，要我的疤腫別醒來，乖。但那時我從未感謝她。我提著竹籃走在後頭。媽媽教我唱一首歌，說是更早前她媽媽教她的，我只記得那個旋律，媽媽說：「如果覺得孤單、害怕，你就唱這首歌吧。」

日後，我果然有很多機會，一再溫習這首童年聽過的歌，旋律悠緩縈迴，害怕時，應該做些什麼？傳說部落巫士穿載鮮豔羽飾，搖動獸骨，唸起除懼咒語，然後放把火，燒掉你的恐懼。咒語低低穿越整個文明史，文明的開端起自恐懼，荒原盡處，戴面具的神明一閃即逝。

媽媽從不戴上面具，滿著一團肉做的臉適合做各種表情。童年，我常覺得她的臉是團黏土，靠近，對我的脖子呼熱氣，想把我的疤腫一口氣吹掉，許多年後我終於知道，其實我才是她的黏土。小時，媽媽總若有所思捏我的臉頰，似乎這位雕塑師還沒有拿定主意，該把她的孩子捏成什麼樣子。

我記得一個來自童年的場景，在臺南老家，窗外望得見東門城，四格窗前的水泥壁，檀木鐘匣內的細微聲響，時間的擺動，窗外眺望一道堤岸，隔著窗，我向媽媽招手，這究竟是什麼時候的記憶？我記得，小時怕打雷，烏雲間劃過裂痕，總驚駭以為那是自己身體的斷裂，發出惡夢般的叫聲。媽媽趕過來，抱住我，我感覺她心臟的跳動。媽媽也有一首歌，每個孩子都應該記得的歌，靜靜望著她的唇，哼唱旋律。來自巫士傳承的咒語，荒原盡頭，脫去面具露現微笑，替我驅趕恐懼惡鬼。

七歲讀小學，老師悄悄帶我去導師室，問我的情況。我認命地解開衣領鈕扣，給老師看我的疤，他第一眼露出驚訝，像那片疤突然飛出成群蒼蠅。他拍我的頭，我至今記憶他手掌溫度，他說：「好，老師都知道了。」加上一句：「以後，上體育課，你不用換運動服。」

於是還有如此的記憶，在充滿陽光的操場邊，手腳和身軀擺動過體操，同學好奇看我整齊制服，高聳衣領是永遠關起的城堡。汗沿著兩腮滴落，搔癢，我保衛著胸前的紅字紋身。

回到家，常問我媽：「為什麼我得長出這麼難看的疤？」她抱住我，光是哭，眼淚滴往我仰起的頭。我以為更小，當我尚未長出意識前，媽曾這樣抱著我哭，淚水留在我的脖子，茂密地長成這片紅腫沼澤。我使力的擦，使力的擦，像蛇要把這層皮蛻去，惹得疤腫提早從冬眠甦醒，發作。腫泡、膿瘡、皮屑迅速從胸前爬向胳臂，鮮紅的爬藤類，緊貼皮膚飛行，我一直不記得，自己如何度過每次的奇癢。

媽媽帶我看醫生，是早年最鮮明的記憶。她總先進去跟醫生交談，似乎安慰醫生別給我的樣子嚇著。輪到我進場，未聞想像的掌聲，醫生的眼神已迫不及待望向我的脖子，一眼即看穿這個角色的所有計謀，我悄悄聽見醫生的話語：「這是媲美希臘的悲劇。」他處方各種藥膏搽劑，膠囊內服，我相信有某些藥膏，他自己從未塗在身上過，惟能靠病人的反應瞭解藥效。那種灼熱、刺痛如悲劇滾燙的高潮，有時，冷冽如一陣冬季，皮膚只剩結凍痕跡，但疤總能奇蹟地逃過攻擊，在鏡裡對我發笑。

我後來知道它的學名叫蟹足腫，常見於隔代遺傳。我的怨恨總算得到命名，心內悄悄回音，喔，你怎麼沒有個較體面的名字，讓我的受苦更有意義？我討厭看人，也討厭讓人觀看。真的需要看人時，我不由自主地望向對方的脖子，始終被那截肉色吸引，似乎想找到另一座蟹足腫的遺跡，另一名疾病的蠱惑者。

二十歲上大學，我瞧見某女同學胸口結痂大塊疤片，順口而期待地問道：「這是蟹足腫嗎？」「不是。」女同學大聲回答：「是小時候燙到的。」她從此未再跟我講話。從此，我下意識地低頭走路，想像高領口上戴著一副面具，隨著鼓音，不帶表情的起舞。

大學時，曾有女生寫信給我，我卻未曾想過談戀愛，思緒提前移到那女孩解開我上衣第一個鈕扣時的神情。我的胸口藏著比黑夜還黑的恐懼，如野獸藏著尊貴的傷疤，美女的吻卻遙不可及。我一定擁有某種動物的力氣，讀人類學誌記載，原始部落戴上刻繪動物的面具，即象徵擁有那動物的能力，死後，才歸還面具。我一直相信，蟹足腫只是我的面具，只不過忘記如何卸下面具，一直得戴著。於是，難免會有這樣的想像，覺得我的生命總在扮演著某個角色，像春日花園裡的人頭馬，平日躲藏在玫瑰花叢，把自己當成一隻蜜蜂，讓刺戳傷，仍堅持躲著的人頭馬。

我走在路上，躲避旁人的眼神和刺探，任何不經意的瞥視都引來我的驚慌，但天空蔚藍深闊，飄來幾朵雲，又將我帶回希臘，那場悲劇仍在上演。連我媽媽也不知道，我從不告訴她，我明明是神話裡的兩頭獸，吐出火信，從此沒有人敢靠近。媽媽抱著我時，我假裝自己只是凡人，但我是神聖的蛻身，下一刻，當我從一場長長的夢醒來，將只擁有一顆頭，一截白瓷般的脖子，我已能敞開衣領迎向南風。我兀自哼起那段旋律，旋律充滿靜謐的房間，像層透明的保護膜。原來，記憶仍如此鮮晰明白，我為了何種原因站在窗前，向媽媽招手，鐘匣的擺動，心臟噗噗跳，暗天真的是撲過來的，如一頭花豹，快撲到我身上時，我聽見雷鳴，霧濃得像灑向空氣的骨灰。

我記得—恐懼的記憶如此糾雜，如伸過來一隻瘦骨嶙峋的手。玻璃窗外的堤防堆疊層雲，我出神想像雲中駛出一艘船，乘載媽媽的歌聲。我小時常驚駭會有頭豹，總在暗處，眼神閃現藍光，向我撲過來，張口將我啣走。許多年後讀精神分析理論，開始相信，那頭豹集所有恐懼的化身，只是心智殘留的隱喻。「沒事的。」媽媽低下身跟我說：「豹已經走了，我把它趕跑了。」我站在窗前，窗外蛻皮成晴朗天空，但豹躲在眼角餘光，蹲伏，像努力回想卻記不起來的夢。

我媽從不知道，這是纏繞我一生的慾望。後來，我開始避開她的擁抱和注視，生日願望，我悄悄祝願：「把蟹足腫還給妳，好嗎？」

生命中所謂的安慰，來自一次在電視瞥見的報導，說澳洲原住民在孩童身體割傷痕。我卻連節目名稱也不知道，記得有名蒼老的人類學家擔任旁白，指從前澳洲瘟病流行，同部落孩童生一種怪病，巫師便舉行儀式，在所有孩童的脖子和胸部割開傷口，表示既已受過傷，此處將不再結疤，死亡不能來收割，遂再也不得同樣的病。以後，這就是成長的儀式。鏡頭悠悠記錄原住民男子頸上坦露的疤腫，顏色斑雜叢生，配上紋身和彩繪，如同皮膚的史詩。

許久以後，只要放假，我開始動身前往澳洲旅行，始終無法確定那個部落的位置，卻始終相信，那裡在呼喚我，我是迷途在外的家人，相同部位的疤痕，就是族人相認的印記。我帶著地圖，搭各種車輛進入內陸，有時，除了嚮導，整天不見人影。原住民的嚮導原是旅行社介紹，他從未聽過那樣的部落，卻一次又一次接到我的電話，帶我進入澳洲的曠野。

有時，南方的雲彩，漫天飛舞黑蒼蠅，成群跟隨吉普車的痕跡。有時，孤獨老人身塗油彩，負著袋鼠屍身經過，口中唸唸有詞。枯萎的仙人掌和竄走的蜥蜴。嚮導趨前與他談話，遠遠的見老人搖頭，卻願與我們分享那隻死去的袋鼠。來到荒涼的盡頭，我放心扯開衣領，讓落日瞧見我的疤腫，然而，那真的只是傷疤嗎？

我請求著，你為我召喚來恐懼，也能為我趕走嗎？原來坐著我的位置此刻空無一人，巫士對著獸骨皺起眉，戴面具的惡鬼在我背後狂舞，豹決定撲過來，所有的敵人穿戴起盔甲，轉過身。我還剩下什麼？

我開始唱歌，大聲的唱，小時候媽媽教我唱的歌，從顫抖的聲帶發出，環繞，昇旋。媽媽的歌在我身周形成保護膜，包覆脆弱的細胞。童年，恐懼是條繩索，將我遠遠拖回童年。

我一次又一次回到澳洲，遠離媽媽和家人，除夕到來，媽媽總打電話：「今年會回來吃年夜飯嗎？」訊號嘈雜虛弱，我說：「不啦，我人在澳洲。」漸漸的，媽媽以為我在澳洲另有個家，我只不過是她的異鄉人。在愛爾絲岩，一片晴空裹覆大地，完美無瑕的紅色如同大地的疤腫。我避開遊客和嚮導，站在全世界最巨大的岩石前，目見岩層底部分布壁畫，動物和家人的模樣，像隨時要站起來回家。我尋找的族人，也曾在這裡留下痕跡嗎？我全身貼著冰冷岩石，近似膜拜祝禱，把蟹足腫還給妳，好嗎？

那年除夕過後，接到妹妹電話，媽媽生病倒下，要我去醫院探視。

她說：「你好歹也是個兒子，嗯？」我搭夜車回去，到了醫院，媽媽已送進手術房，卸下隨身物飾，護士要我簽收。除了衣物，媽媽只帶著一只金飾，我從沒見過的，一隻黃金打造的蟹，眼睛鑲兩顆珍珠，如凝固的淚水。妹妹說：「幾年前媽媽就在講，要把這隻蟹留給你，那是你的。」

媽媽從未告訴我，或者，在漫長的生命篇頁間，我轉身逃離，從不願聽媽媽好好的講。稍候才知道，金蟹來自同樣患有蟹足腫的祖先，家族的遺傳，每隔幾代就有子孫，在胸口烙上同式的印記。我這一代僅知金飾傳自曾祖父，其後外祖父和母親輩未再傳出疾病，那隻蟹安靜躲藏在二十世紀的洞穴，戰爭、災難、逃離和歷史的潮汐都未能喚醒它，直到我的出世，承接這道失落的符號。

我的手指撫摩冰涼的蟹，它已安睡，傳出均勻的鼻息，但歲月老去，珍珠已不復往日潔白色澤。繼而，我為自己的這個想像發出笑聲，我終究回到了家。

即使歲月老去，我媽仍保有白瓷般的脖子，皺紋是瓷上的結釉裂變，皮膚皺摺是她一圈圈收藏的心事。我沒有，但沒有關係。

醫院空氣流散著藥水味，護士走過時眼神瞄向我的胸口，「會痛嗎？」我彷彿聽見這樣的問話。謝謝，現在已經不會了。我彷彿也這樣的回答，那些記憶中的痛，都是黃金打造的。

謝謝，我對著醒來的媽媽微笑，那蟹已卸下我的心口。記憶浮起，沉落，浮起，再沉落。恐懼時的救贖，原來，我也曾是想哄自己入睡的嬰兒。從更遠的荒原盡頭響起，誰傳給誰，誰教誰唱的就是這麼回事，旋律的靈光一一閃現。我仍跟媽媽道謝，謝謝她為我藏著這段記憶，突然想起什麼，問道：「豹還會撲過來嗎？」

「什麼，你在說什麼？」媽媽問道，會不會是另一段連她也遺忘的往事。

但我的豹已安睡在叢林，隱去眼中藍光。敵人已脫去盔甲，遜王緩緩走回城堡，血裡的冰已解凍，巫士滿意地收起獸骨，不再唱悲哀的歌。

麥田邊的女兒

她是個女兒，也是個妹妹，這兩種身分，她不知道自己比較恨哪一個。

女兒的身分是生下就具備的，做為妹妹，是因為她有一個哥哥。然而，在她小時候，記得哥哥常被大人帶走又帶回，她觀看著這個哥哥，好像自己是一名不相干的路人。

再大一點，盡是不好的回憶。個子壯碩的哥哥常來掐她，她的臂膀於是總多塊瘀青，好像貼上去的膏藥。如果這樣形容，哥哥就是她傷口的來源。還有更鮮明的記得，她在吃蛋糕，哥哥一把搶去，妹妹向媽媽告狀，結果媽媽把兩個小孩都打了，以示公平。然而，有很長一段時間，事件卻簡化成哥哥懷恨在心的緣由。

十多歲時的哥哥更常被大人從外面帶回來，從她從來不知道的地方，不知道的原因。哥哥是一團謎，她卻只想避開。

她讀國中時的事吧，爸爸媽媽開車載著哥哥和她去機場邊看飛機起飛，爸爸跟她說：「如果我們不帶哥哥來看飛機，他就會在家吵鬧一個禮拜，自己還會離家來看飛機，這樣太危險了。」她開始想像，難道小時候哥哥離家，每次都是來看飛機嗎？他們把車子停下來，視線前方傳出巨大的引擎聲，大鳥一般的銀色機身冉冉升向天際，哥哥看得好入神，一點都不像是個患有過動症的小孩。然後，他們家可以換得一個禮拜的安靜，直到哥哥又興起了看飛機的衝動。

但是，也有飛機不能起飛的時候啊，哥哥照常吵著，他才不管。有一次預報颱風即將來臨，風漸漸轉強，飛機班次全部取消，他們熬不過哥哥的吵鬧，全家冒著風大雨大開車到機場邊，看著空蕩蕩的跑道，爸爸說：「阿強，我沒有騙你吧。」哥哥一臉失望，她也不高興，明明下個禮拜就要期中考了。在她的想像裡，爸媽總是迴護著哥哥，卻不太管她的心情，大概以為她會諒解似的，媽媽總是用抱歉的口氣告訴她：「妹妹啊，你比較懂事的，別跟哥哥計較。」

深夜，她在房間讀書，哥哥的房間卻傳出乒乒乓乓，仿如打擊樂擾亂心神。她告訴自己：「對，我不能計較。」

沒有颱風要來，卻也沒有飛機起飛的日子。爸爸載著她和哥哥離開平原，往西邊走，說要去追飛機，她覺得他們真像追逐太陽的夸父，不由得想起夸父渴死的命運。她跟爸爸說：「我可以不去嗎？」爸爸說：「不行，總要有人在後座陪妳哥哥。」她想說：「哥哥才不需要我陪。」一始終沒說出口。

追著飛機，是他們這家人的命運吧。遠遠的看著天空的飛機變成一個小白點，在上空雲層拖出一條白線，白白的雲，她想，能不能把她也帶走呢？

她讀高中時，二十來歲的哥哥開始丟家裡的東西，也許是強迫症的症狀變得顯著，或者是一種過度的潔癖。他最討厭的妹妹也變成眼中釘，只要家中有任何足以讓他聯想起妹妹的物件，都會被他當成垃圾丟棄，包括照片和她一路辛苦收藏的筆記簿、朋友寫給她的生日卡片和賀年卡。第一次她氣急敗壞，跟媽媽訴苦，媽媽說：「記得要收好。」就不再多說。

哥哥的丟棄工程做得徹底，也許他曾見過人家丟垃圾時，都要先把瓶子壓扁，哥哥要丟她的衣服，還先一件件撕碎，再好整以暇丟進垃圾桶當回收物。有一次，考試前夕，她回家來要找一本參考書，遍尋不著，只好提心吊膽的問哥哥：「我的參考書呢？」只見哥哥從垃圾桶拿出那包已撕得粉碎的紙片垃圾，咧張大嘴跟她笑著。

她開始喜歡去看飛機，放學就繞到機場邊的坡地，在黃昏降臨前看著飛機飛向遠方，她好想好想，搭上其中一班飛機，離開哥哥，離開這個讓她折磨、疲憊的家。

她沒有跟哥哥一起去做過什麼事，惟獨記得哥哥專心的在看一本書，臉上的專注光芒。她記得那本書名叫《麥田捕手》，那時她還想，「這種哥哥看得下去的書，我連翻也懶得翻。」差不多兩年後，她還是偷偷的看完了那本書。她記得小說的最末段，妹妹菲比跟隨著想要離家出走的哥哥去公園坐旋轉木馬：妹妹從旋轉木馬下來，跟哥哥說：「這一次該你來坐一圈吧。」哥哥說：「不，我會看著妳，我會一直看著。」她也還記得，當妹妹坐旋轉木馬繞著圓圈時，播放的音樂是〈迷霧遮住了你的眼〉。是她這個女兒，這個妹妹一直喜歡一的首歌，她覺得這真是個有趣的巧合。

「她說：『我再也不會生你的氣了。』」這是小說裡的一段對白，「哥哥回答：『我知道，快一點，旋轉木馬又要轉了。』」這也是小說裡的一段對白。不管妹妹有沒有坐上木馬，旋轉木馬總是一直的轉著。

她是一個女兒，也是一個妹妹，但是她會做一個麥田邊的女兒，一直看著她的哥哥嗎？黃昏的晚霞將機場邊的草地染上麥田般的金黃，楓紅在遠處站著崗哨。這天，她遇到了哥哥，哥哥又離開了家，一個人跑來看飛機。她耐心的等待哥哥也發現她的存在，好久以後，她想起了《麥田捕手》裡的一句對白，悄悄說道：「哥，我們回家吧。」

戴珍珠項鍊的女兒

愛德華．霍普般的月色，柔和如絲絨的沙丘上有少女甜睡，但獅子悄自靠近，如暗伏的威脅，腥臭氣息可聞。少女繼續酣眠，那個景象溫柔又恐懼。

媽媽又想起了那個畫面，重複做著同一個夢。夢裡，睡著的是她的女兒，還戴著她最喜愛的那條珍珠項鍊。媽媽自然而然想靠近女兒，把女兒擁進懷裡。她還不知道這只是一場夢，當獅子張開了嘴巴，甜蜜就將結束。媽媽一再夢見女兒的五官流血，眼瞼腫脹，嘴巴靜默，變成了一場車禍的獵物。

如果將肇事違規的車輛，想像成霍普畫中的獅子，那個酒駕的司機是什麼呢？是凡人偽裝成死神的模樣嗎？

媽媽接獲消息時，趕到醫院，見到急診室內的女兒，就是日後來到夢中的模樣了。醫生只是搖頭，連女兒的老師，那個全臺灣人都認識的柯醫師也說，他是臺灣數一數二的急救專家，卻挽救不了自己的學生，「她送醫院時，腦壓這麼的高，唉……」柯醫師重重的嘆息。當愛德華霍普完成那幅畫，讓獅子的腳步悄悄靠近少女，畫家心中也必曾悄悄嘆氣，畫筆降低溫度到了冰點。

從此以後，媽媽的人生還會留著任何熱度嗎？她原本就是個陽光個性的人，如亨利・摩爾的雕像會看見的光線。她牽著小小女兒到宜蘭老家附近的丘陵，曬陽光，唱著披頭四的老歌：「Lucy in the Sky with Diamond。」讀英文系，喜歡披頭四的媽媽把女兒的小名取做露西，卻不知道有什麼樣的鑽石，在空中等著女兒去摘取。天空依然是香草色的天空，每個媽媽都想為女兒摘取天空的鑽石，以為前面等著的是甜蜜的果實。

女兒考上醫學院，那天，母女高興的如在空中漫步，一下子忘記了怎麼走下來。那天，媽媽送給女兒那條珍珠項鍊，女兒高興的戴在脖子上，從此就沒有再取下來過，那串珍珠項鍊，變成母女的信物。喜歡美術的媽媽自己讀高中時就喜歡荷蘭的維梅爾，她有本美術史裡有一張〈戴珍珠項鍊的少女〉，那畫中十七世紀氣質纖細的少女肖像，她還好希望有人送她一條畫中少女的珍珠項鍊，但過完了她自己的青春期，考上大學，談戀愛，短暫如煙花的婚姻，生下一個女兒如同那樁婚姻的紀念品，都沒有人跟她提起過維梅爾。

「維梅爾，」媽媽喃喃念著，她自己的龐大而孤寂的願望。是女兒高中時的往事了，她回家後，在一盞燈下靜靜讀書，或者說，是那本書好奇的讀著這個伸長白皙頸項在翻著它的女孩，媽覺得似曾相識，她告訴女兒，「維梅爾一定會高興認識妳的。」每幅維梅爾的肖像作，都在向十七世紀的女兒們致意，謎一樣的表情，遠遠的走進二十一世紀，落在更多女兒的臉上。

直到女兒出事，確定已不可挽回，眼淚已流光，心情盪在暗黑無光線的谷底，媽媽以為她這輩子已將背叛希望和快樂，隨著女兒的死判了無期徒刑。女兒留下的是一個房間的書和衣服，首飾，幾疊相簿，發表的報紙剪報和論文集，聽說她出事前正開始研究愛滋病，準備發表論文。媽媽逗留在女兒的房間內的時間越拉越長，露西的鑽石還在空中，她經常回想起那座陽光充足的丘陵。

媽媽回想著女兒生前的神情，覺得她並沒有完全了解這個女兒，人跟人之間如何能夠完全的心靈契合呢？女兒的專注裡帶著寂寞，如維梅爾筆下的碧藍絲巾和少女臉上的光線變化，在召喚著畫外的觀看人。死去的女兒召喚著媽媽：「媽，別再為我流眼淚了。」

開始有人來找媽媽，準備為車禍的家屬做一些事，成立基金會。媽媽一口答應，她想起女兒國中周記裡透露的，長大後她要幫助弱苦大眾的心願，媽媽想著，如果女兒還在，一定也會做同樣的事。但是成立基金會需要有三千萬元的資金，她們四處尋找贊助者，資金總是有缺口，她們開了幾次會，有人說，我們來辦募款義賣吧。

那天，來了好多的廠商大老闆，也來了許多記者，鎂光燈閃閃爍爍，像是鑽石的色彩，一起來為「車禍被害人」籌募基金，那是媽媽的堅持，她堅持要用「被害人」這三個字。

拍賣進行著，來到了媽媽的捐助品，主持人拿出一串珍珠項鍊：「捐贈的媽媽說，這是女兒出事那天戴在脖子上的，是她女兒最喜愛的禮物。」媽媽聽見這句話，不顧女兒暗中的呼喚和嘆息，淚如瀑布直瀉而下，再也擋不住懷念和悲傷。主持人把麥克風遞過來，說道：

「曾媽媽，妳想說句話嗎？」她慌張地拭著淚，拿著麥克風，卻不知道要說什麼，搖搖頭，卻說了句謎一樣的話：「這是為了維梅爾，也為了我女兒。」那是直到此刻，媽媽仍沒有忘記的，她自己青春期的願望，透過不再存在的女兒，變成了生命的熱度。媽媽終於看到，獅子靠近了少女，又悄悄的離去，從此她不再做那個夢。

那天，拍賣的叫價一路攀高，最後買到那串珍珠項鍊的，也是名失去了女兒的媽媽，她搖搖頭，拍拍暗泣的肩膀，把珍珠項鍊還給了另一個媽媽。

雀榕或番茄

一個女兒的快樂特質，究竟會不會得自父母？

首先，得理清「快樂」。通常指的是一種樂觀和樂天知命。如果是這樣的媽媽，女兒拿考試單來給媽媽簽名，媽媽用誇張的語調說：「女兒，妳真好，妳這次考了八十分，所以以後會有二十分的進步空間。」說著，還親密的抱了女兒一下，真是個樂觀的媽媽。

同樣考八十分，卻有另一個媽媽出現這樣的反應：「什麼，妳整整被扣了二十分，進房間，今晚不准吃晚餐。」這個女兒當然不快樂。

兩個媽媽在親師會上相遇，談起教養觀念，誰也不願意相讓，堅持自己是對的。他們的女兒就像兩盆比鄰而立的雀榕，或許可以各自長出一片綠蔭，卻保證不佔奪彼此的影子。

還有個媽媽擺了個水果攤子，每當水果賣不完，女兒憂容滿面。反而媽媽要安慰女兒：「賣不完的，我們可以留下來自己吃啊。」女兒問道：「這麼多，我們怎麼吃得下？」媽媽說：「最好就是留下四顆番茄，給爸爸、妹妹和我們兩個都可以吃到番茄。」

從此女兒開始盼望，每天最好就賣剩下四顆番茄，捧著四顆番茄回家，是這個女兒最快樂的事，不過，這個小小的快樂種子，卻是媽媽為她種下的。媽媽所做的並不多，她只是把一件原本有點悲觀的事轉了一個彎，提供一個新點子。

有一次，客人上門，一口氣要買走全部的番茄，女兒還面有難色，直問：「妳真的要買這麼多嗎？妳吃得完嗎？」那個媽媽樣子的客人回答：「我家有五個小孩，不買多一些不夠分的。」那一晚，女兒雖然不能帶四顆番茄回家，卻一直想像有五個小孩正圍著桌子，在吃她們家賣的番茄，她還是覺得快樂。

女兒看到新聞報導說，有個小女孩的祖母生病，種的紅荔枝賣不出去，就透過電視臺，請她最喜歡的電音女藝人來買，結果，這個女藝人果然買了一百箱。女兒覺得這個主意不錯，她開始也想要找她喜歡的藝人，準備賣給她四顆番茄，那可就是她最喜歡的番茄啊。她和媽媽收攤後開始研究，要怎樣寫信，怎樣找到藝人的地址，然後把信寄出去。女兒無法決定她最喜歡那個藝人，所以她總共寄出去了五封信，但如果通通有回音，她卻只有四顆番茄，那怎麼夠分呢？她也沒有想清這個問題，做這件事，還是讓她覺得快樂。

問題來了：一個女兒會從媽媽種下的種子裡，長出自己的新點子。那麼，關於女兒的成長故事，妳選擇雀榕還是番茄？

康乃馨遊戲

康乃馨招展在五月的節日，從花市出發，表達對母親的愛和懷恩。康乃馨有各種顏色，有多少種顏色，就有多少種女兒，多少種媽媽。

有些女兒到了節日時，持著康乃馨在街上行走，說著她們對母愛的感動。有些女兒的意思卻似乎在說：他們也想成為這樣的媽媽。

想成為什麼樣的媽媽？女兒細細思量。現今的社會裡，除了自己和周遭唾手可及的媽媽群外，已經有各種各樣的選擇。

女兒想起自己的媽媽，如同《親密關係》裡的莎莉麥克林，電影裡，神經質的媽媽把搖籃中的女兒搖醒，聽見女兒的哭聲才會放心。女兒不確定媽媽有沒有為她做過這樣的事，她總覺得媽媽是名「善變的女人」，根源於善變的少女性格。結婚後，媽媽的性格好像沒有太大的改變，表現在不知道將她的女兒教養成何種模樣。

女兒記得，媽媽總像天外飛來一筆，要為她做或不做些什麼。有時想盡辦法要她長高，有時，卻意有所指地看著她的身高說：「女生長太高做什麼，反而找不到對象。」任性、變化莫測，有如女兒手中所持的紫色康乃馨。

一九三四年美國首度發行母親節紀念郵票，畫面呈現一名母親的雙手放在膝上，望著前面花瓶中的一朵康乃馨。這個畫面讓天底下的兒女們開始去「猜」，看著花的母親究竟在想些什麼？眼前的康乃馨，是辛勤持家養大的兒女的象徵，或者是母親心中想著：「我要是能把這朵花吃掉，不知會是什麼樣的滋味？」

女兒和媽媽之間，存在著不停的「猜」。母親在猜女兒的心思，或是女兒想到一個問題，幫媽媽想好一個答案。「猜」的循環還是難免要開始：接下來要猜，不知道媽媽會不會接受這個答案。

在五月的節日，她決定以持康乃馨的方式來彰顯一個女兒。好像手上的康乃馨，都一一變成了女兒。粉色的康乃馨，傳說是聖母瑪莉亞看見耶穌時留下的淚水，如淚水奔堤般的追憶。黃色的康乃馨，是收到太妃糖般的感謝，甜進了眼睛。也有紅色的康乃馨，代表熱情如火。女兒還聽說，日本人真的培育出了一種可以吃進口的康乃馨，如繽紛的巧克力。

媽媽收到一大束彩色的康乃馨後，就在猜想：「女兒在想些什麼？這麼多種顏色，哪一種在說我，哪一種又是她真正的心意呢？」有多少種顏色的康乃馨，就有多少種的媽媽和女兒。女兒也不說破，康乃馨打了一個謎。

媽媽造了一座花園

進入虹影的文字世界前，請容我敍述一段自己的寫作歷程。幾年前，我寫過一篇〈尋找紅莓果〉，用一首唱給兒子聽的兒歌，連串父子間的情節。因此，當我讀到虹影當上媽媽後，以兒歌〈小小姑娘〉當書名時，我始深深感覺，當上父親或母親，能讓一名作家開始小聲而溫柔地唱起兒歌。

我還讀到，原來虹影小時候偷跑進電影院看朝鮮電影，聽到了這首改編自美國民謠的兒歌，我猜這部《賣花姑娘》應該是北韓片，而我在南臺灣成長的童年裡，（請別忘記，我和虹影同年次，都屬虎），臺灣和南韓仍有邦交，我也看過《淚的小花》這類「賺人熱淚」的文宣片，同樣也有首歌傳唱到現在。

然而，除了這些勉強的比較外，虹影在重慶南岸的大雜院，歷經大饑荒年代和文革浩劫的成長，卻又跟臺灣的我們多麼的大不同。我們在《飢餓的女兒》裡，早已讀過虹影這位私生女種種傷痕如烙印的苦難，悲慘往事又酸又苦，卻成為她寫作的一座噴泉，題材俯拾即是。《飢餓的女兒》裡的小虹影，渴求一點點愛而常常不可得，到了《小小姑娘》，她重新又寫了一次童年，但這次，她卻為自己的女兒造了一座花園，讓女兒進到媽媽的童年裡採滿滿的花籃。她要讓親愛的女兒知道，她這個媽媽是怎樣一個人，媽媽的媽媽，又怎樣用說不出口的愛，來傳達她那一代的愛。如果閱讀《飢餓的女兒》曾讓讀者心痛，現在，我們不禁要為當上媽媽的虹影感到寬懷。一個女兒的書寫是場療傷之旅，當上母親，她在女兒的笑臉裡瞥見天光虹影。

美國翻譯家葛浩文近年來致力引介漢語文學給美國讀者，曾說虹影的寫作歷程是先寫她必須寫的書，然後才寫她真正想寫的書。不過，葛浩文的評論出現在虹影成為媽媽以前，《小小姑娘》讓虹影以較溫柔的方式再回顧一次童年，童年當然只能有一遍，不像長江年年漲潮，虹影不可能改變被欺負、寄生在時代夾縫的童年，但當她改變了書寫的態度和觀點，神奇的事就發生了，正如她自己所寫的，「淚水就會變成鹽，那不幸之事會變成糖。」

閱讀《小小姑娘》，或許可萃取出一個屬於讀者的箴言，就如太陽花提煉成了糖蜜：「不幸之事」不必然不可逆變，端看你用什麼態度看待苦難和悲哀。或許你也曾懷疑父母不愛你，轉念再想，他們其實是用他們的方式在愛著你。有了女兒後的虹影駐足回首，重慶南岸依舊颳來冷風，把童年往事吹得陣陣寒意，但她卻開始覺得抱住女兒時的溫暖，她媽媽當年也因為有了虹影這個小女兒才變得堅強，於是她終於體會到媽媽的愛。

小時的虹影自己是個野孩子，現在，當有人問起她對女兒的期望，她說：「野蠻生長，到時候嫁一個人就行了。」我們無從預知她的女兒日後會不會成為作家，會不會再寫一遍這個媽媽的故事。但虹影絕對不會再讓女兒受到飢餓了，無論身體或心靈皆是如此。當年一代哲人殷海光曾為女兒殷文麗設水池，造花園，成為現在殷海光故居的風景，日後文麗回憶父親時說：「父親總是很忙，卻為我造了一座花園。」我相信多年後，虹影的女兒也必如此憶起母親的書寫，小小姑娘走進花園採花，她的花籃已滿。

四十後，見山又是山

四十歲那年，小珍做了一個改變，她「真的」聽了媽媽的建議。

小珍生長在媽媽龐大的身影下，成年後她接受「內在小孩」的諮商課程，才開始把她童年時的媽媽定位成「自戀型媽媽」。她的求學、家庭關係，連後來選擇結婚對象，都順從媽媽的意見。她雖然心裡不願意，卻說：「我不能惹媽媽生氣。」

像小珍這種「犧牲自我」的「順從型女兒」，正是心理學家 Margalis Fjelstad 所說的「情緒照顧者」。通常，當家裡出現自戀型的父母，對兒女行使頤指氣使的號令，女兒（特別是女兒）會覺得要對家裡的「情緒氣氛」(emotional environment) 負起責任。她們夠聰明、敏感，知道父母要的是聽話的女兒，卻沒能夠長出足夠的自尊心，覺得自己其實應該得到更多、更好、更平等得對待。

「順從型女兒」常會將「自我犧牲」當做是一種值得誇耀的特質，在成長歲月裡，她們常在言語和字裡行間顯露：「看，我為維持家庭和諧，為了讓父母高興，我犧牲了多少？」，「自我犧牲」變成她對家的貢獻，她心底希望，那些叛逆的、走出原生家庭命運的、張愛玲筆下的那群女主角都向她看齊，四十歲以前，對一個女兒來說，那些事情卻是值得的。但是，值不值得呢？就連張愛玲在寫給女人的名句都這樣說了：「有的事情，沒法說明。你覺得值，就值，你覺得不值，別人說值，你也覺得不值。」

四十歲以前，小珍就是這樣在犧牲著自己，直到四十歲那年，婚變和職場的雙重打擊，讓她開始展開人生的反思，勤於參加自我探索課程，尋找自己的想法。

言行上，小珍從沒有真的走出順從的模式，她發現小時候家裡那個強勢、美麗的中年母親，如今已進入老年。母女的關係從「中年對少女」移位成「老年對中年」。這時，小珍體會當年媽媽言行後的細微心情，她說：「現在，我比以前更聽媽媽的話，是為了不想讓媽媽傷心。」從「生氣的媽媽」到「傷心的媽媽」，擺盪聽話的女兒自己的人生故事。小珍說：「『真的』聽從了媽媽後，我對彼此長年來的怨從此煙消雲散。」對小珍和同樣心情歸隊的四十歲女人，見山又已是山了。

四十歲，在現代人定義還只算壯年，離退休仍然遙遠，多半已離開原生家庭建立另一個家庭，自己當上了父母。當年與父母的糾結如今像換幕般，悄悄變換了角色。或許，這正是家的這齣戲永不會落幕的原因。

輯三

女兒歲月

曾經我是一朵含笑花

霧峰，我默念其名，眼睛籠霧，發酵成陣陣暖意。

霧峰，是外祖母的故鄉，我媽媽在霧峰出生，但我不是。我確實知道一支舉人杵曾經高高懸盪天空，重簷和燕尾，在舊日穿堂外，媽媽一一指給我看，說那是外祖母家族有過的繁華時光。說那時夜間升起紅燈籠，戲臺上夜夜粉墨登場，紅伶試唱新調，外祖母的祖母就坐臺下聆聽，祠堂內恭奉皇帝賜的黃馬褂，那年，太平天國之亂才剛弭平，祖先組成的軍隊從遠方的戰爭歸來。媽媽重複地跟我講這個故事，如同她親身所見，家族最光耀的一刻。

但我知道，媽媽沒有，外祖母也沒有趕上那樣的霧峰。長記憶以來，過年過節，或趁外祖母生日回霧峰拜壽，三代的人擠在三合院埕前，夜裡拉出一串六十燭光的燈泡，在寒風裡抖動。沒有紅燈籠，也不復聽見鬧戲的喝采聲。

我對霧峰的印象，來自昔日稱為阿罩霧的地名，總想在這片大肚溪以南的平原遇上霧起，是自然不過的事。媽媽對我的發問，卻這樣回答：「霧峰哪有真的比較會起霧，不然，那個叫烏日的地方，不就永遠曬不到陽光，因為，太陽都黑著一張臉？」我仍不放棄追問：

「媽，那妳真的見過那件黃馬褂嗎？」媽媽卻不答話了，神祕地笑著。

我卻記得，在子孫傳說收藏黃馬褂，懸掛舉人杵的宅院外，繞過一片蒼蒼竹林，就是媽媽每次返鄉，就帶我來上香的土地公廟。土地公廟守護后土，卻像不為什麼存在而冷疏了香火，每每，只有母女兩人的到來，上香，擺上供果，媽媽卻像一償多日牽掛的心願，開始喃喃訴說。我到竹林轉了一陣，鞋子踩進雨後的泥巴，返來，媽媽尚未完成她的祭拜儀式，說了些什麼，一貫的神祕。

神秘，遂是我對霧峰的真正感覺。對我，外祖母是來自霧般家族的人物，那陣霧遮掩住我對身世的回望。儘管，由於血緣，我應該也算是那個家族的傳人，隔著年代和地理關係，我卻只記得外祖母從霧中走出來，向我微笑點頭，衣衫上流動含笑花的氣味。

沒錯，就是含笑花，此刻那陣獨特的香氣，彷彿就在鼻端迴繞，我心中一陣錯覺，難道外祖母正要走進我的房間嗎？外祖母表相威嚴，出現在兒孫面前，總一派端莊，唯有身上的花香，是我常能感受到的，外祖母的溫柔。我也感覺到母親對外祖母既愛又畏的複雜情感，她斷斷續續提起外祖母的三段婚姻，說一個出自世家的女兒，就這樣顛覆著傳統給女子所加上的婚姻氛圍。第一段婚姻據說是媒妁之言，我第一次聽到時，脫口而出：「會是指腹為婚嗎？」媽媽狠狠瞪了我一眼，畢竟再如何緣薄，說到的也是她的親生父親。外祖母坐上花轎嫁到鄰村，雖說門當戶對，但那個男人不顧家，才三年，外祖母主動提出離婚，帶著兩個女兒回娘家，我的母親是她的大女兒。媽媽說時輕描淡寫，像話別人家的閒事。我從不知道，媽媽對她的親生父親，那個外祖母眼中不長進的男人，留有什麼樣的印象？如果仔細追想，憶起外祖母，最濃烈的一道感官感受，卻仍是那股含笑花氣。

法國作家普魯斯特的《追憶似水年華》，開啟意識流小說的先河。他回憶童年吃過的瑪德蓮蛋糕，混合在椴樹葉中的味道，使「我回憶起自己的童年」，那本小說的主人翁叫馬賽爾。但關於氣味，華茲華斯對水仙花的眷戀，時時勾連我想起外祖母和那段也似水流逝的年華，香味瀰漫在外祖母房間的床墊，摺疊棉被的竹籠，古老的雕花鏡，每次照這張鏡子，我總以為看到許多女子哀怨的臉，輝照著不同的年代和身世，貫穿著一樣的氣味。香氣也從外祖母的衣衫上出發。夜晚，我和外祖母同床，分蓋兩床被，我猛力嗅聞：「那是什麼味道啊？」外祖母嗯應一聲，從衣裙暗袋取出已壓扁的含笑花，紅暈留在花萼邊緣，外祖母說：「妳把花放在身上，用體溫去焙，花會越溫越香。」我收下那朵花，起初，我並不喜歡那陣香氣，外祖母乾脆就直接塞進我的口袋。我卻想著這一個房間的濃香，應該算是人的，或者是花的氣味？我屏住呼吸，讓花香離開感官，但下一瞬間，濃香卻直接從鼻端鑽進肺葉，像個頑皮的精靈提醒著我：「妳已躲不開我的糾纏。」早晨，我悄悄走到土地公廟外，掏出花朵，還給它的母親。

那株含笑花樹就在土地公廟外，是我後來知道的事，離媽媽的記憶不遠處，常綠灌木以豐茂的葉叢迎向過路人，正要離開或回家，都會記住那張綠色的笑臉。外祖母必然常在三到五月的花期前去摘花。我開始覺得，含笑花是一種專屬於外祖母的生命暗喻，雖然我不清楚，那究竟意味著什麼？

外祖母終生務農，守著龍眼園，直到七十多歲才漸歇，租給別人，其實，她是做到體力無法負荷，才不得不放棄巡園。那一年颱風來襲，一起早霧峰天空密布陰暗黑雲，霧卻不見蹤影，我跟著外祖母趕往龍眼園，說要趕著搶收，脆弱的龍眼禁不住風雨摧殘，外祖母這樣說，高大的身影在前頭像一面移動的牆。我總想像她走到的地方，霧也會跟隨。經過土地公廟，我好奇問道：「要不要搶摘含笑花？」外祖母遲疑，可能是沒想到我會這樣問，她繼續往前走，撇下一句：「含笑花無緊啦，伊自己會去避風雨。」

那場風雨，據說創下百年難得一見的紀錄，大風大雨橫掃中部，造成農作物的鉅額損失，霧峰這一帶的龍眼園損傷慘重，也包括外祖母家的收成。兩天後，大人們在廳堂唉聲嘆氣，討論善後，鄉間田裡盛滿老天爺掉下的眼淚，小溪一夕暴漲，漫過溪岸，原先的土地變成一片濁黃泥漿。我記掛著那棵含笑花樹，其實是想知道，是不是就如外祖母說的，樹和花會自己避開風雨？披上衣服正想出門，媽媽拉住我，說什麼也不讓我出門。再過兩天，我才悄悄前去探望含笑花樹，枝葉仍然盛綠，但掉落一地的花朵就像黃土地戴著一頂頂的皇冠，颱風其實是場加冕禮。

我撿起一片飄零的含笑花，花在我的掌上笑著，決計是回不去樹上了，這樣的花瓣，會不會也是我的命運的一種隱喻？那年的暑假，我在霧峰住了一個月，大考才結束，正等待放榜，已是我告別青春的最後歲月。我將含笑花放在飽脹的胸膛前，想像著這是一種觸摸，有霧在眼底升起，屬於我的家族的舉人杵已經降下；什麼都消失後還有我的體溫，足夠讓含笑花焙出花香，我想，這應該能夠給祖母那一世的女子帶來安慰。

多年後觀看《大宅門》，劇裡的白三爺冬天兒光著身體揣著一塊墨躲在被窩裡，說是用體溫「哈墨」，這樣寫出來的毛筆字會更溫潤挺俊，那樣的墨寫出來的文章，或是要寄到遠方的一封家書，就會帶著自己的溫度。我遂想起我從未及見面的祖先，在霧峰的大宅院裡，大紅的燈籠高高掛著，每晚都有新戲粉墨登場，理當是我外祖母的祖母，髻髮插著鳳飾金釵，大紅棉襖下也揣著含笑花。

外祖母的第二段婚姻更短命，她決定再嫁時，我媽媽年約六七歲，壓根兒不喜歡這個「新爸爸」，婚慶當天，媽媽一個人躲到土地公廟哭，她向土地公許下什麼心願，倒沒有人真的知悉。黃昏，難得穿上新衫的外祖母在含笑花樹下找到睡著的媽媽，再次當新娘的外祖母一把抱起她的女兒，回家，繼續舉行婚禮。媽媽後來告訴我，她還是不願接受外祖母招贅的這個男人，從頭到尾一聲「爸爸」也沒叫過。外祖母提起竹枝追打，一痕痕的落在身上，媽媽倔強不認，這種個性其實也頗像外祖母。

「我回家時，在廳堂看見那個男人，坐在藤椅上抽菸斗，那始終就是我對他的印象。」媽媽這樣說著，「他跟我點頭，最多就是這樣，吃飯時候，我們女兒自己坐一桌，他也不會來找我們。」

「那……」我問道，「那個男人跟妳點頭時，你怎麼辦？」

「我也跟他點頭啊，」媽媽說，「這是做人的禮貌啊。」

然而，也許是媽媽跟土地公許的願真的應驗了，婚後三個月，那個男人竟然不告而別，理由一直說不清，如阿罩霧的眾多傳奇，連一樁婚姻也像罩著一層濃霧。那時外祖母已經懷孕，也就是我的小阿姨，其後的漫長歲月，外祖母就和三個女兒相依為命。

「但是，既然是外祖母和不同男人生的女兒，不就是在同一個屋簷下，有不同的姓嗎？」我這樣問道。

「是啊，」媽媽這樣回答，「幾年後，外祖母帶著我們三個女兒全都要去鄉公所改姓，我們全都跟著外祖母姓，那時鄉公所的人還說，這樣不行，沒有先例，外祖母還到處去陳情……」「後來呢？」我問。「說不行就是不行，法律沒有這一條，所以，我們身分證上寫的是不同的姓，但在家裡，我們跟著你外祖母姓。」幽幽加上一句：「其實我心裡覺得這樣不好，我還是喜歡原來爸爸的那個姓，有好幾年，我一直在抗拒著外祖母的姓氏。」

媽媽和外祖母間的小小戰役，卻沒有真正底定，從土地公廟前一直延續到各自長長的人生，這也是我後來才補上的情節。媽媽的求學歲月總要背負著外祖母婚姻的指指點點，她對別人的耳語已養成聽而未聞的本事，在保守的鄉間，外祖母彷彿已是異類，我無法想像媽媽如何度過那段歲月，那種道德的指控後來形成她性格的一部分。

同樣的土地上，昔日霧峰發生過無以計數的戰役，每塊長出植物的泥土都灑過鮮血，從戴潮春事變、洪林家族的對戰、日軍進攻時棟軍的孤軍奮戰，霧峰只是以孤獨的身態佔據著臺灣歷史的角落。

二戰後期盟軍的戰機影子掠過霧峰的天空，鄉人離開防空洞，首先就急著檢視祖先留下的宅院有沒有受損，田裡滿是炸彈留下的坑洞，走回家的路上邊流淚，邊嗅著四處瀰漫燒焦的味道，心中想著：「怎麼辦，愧對祖先了。」那種味道是體溫所養不出來的，但重簷和燕尾無恙，第一眼就卸下了心頭。包圍著戰場的土地，數年後繼續開打一對母女的小戰役。媽媽跟我說，生下我以後，有好幾年她未曾返回霧峰。當初她怨外祖母的強勢做主，「就如她身上那股花香味，容不得其他的氣味。」後來她幾乎是逃到臺北，嫁給了一個外祖母看不上眼，家裡沒有黃馬褂的高中同學。我小聲給這段往事下註腳：「但是，臺灣有幾個人家裡有黃馬褂？」

後來呢？後來聽說外婆生了重病，母女畢竟有情，媽媽也許感覺到某種遙遠微弱的呼喚，如霧裡傳出口琴聲，帶著小小的我趕回老家。那時我才幾歲，站著大概只夠到外祖母床榻的高度。我聽過媽媽和兩位阿姨已在討論壽衣和後事，外祖母睜開眼睛，想看看這條血緣的傳人，舉人杵、黃馬褂的記憶，在那瞬間自動歸位為我的記憶，變成我性格的一部分。她顯然沒能看清楚，向我招手，我趕緊靠過去扶住她勉強抬起的頭，這時她看見阿姨們的哀戚表情，從喉間吼出一聲：「怎麼啦，有人要死了嗎？」這一順氣，外祖母的病漸漸好轉。

我並沒有如此深刻的記憶吧，多半還是阿姨和媽媽的補述，隨著年歲，我們的故事也將引入為霧峰的集體意識，不管離得再遠，我身上流的血註明我也是霧峰的女兒。我一開口講話，同學聽著我的腔調，發問：「你是臺中哪裡的人？」作文簿裡寫到我的自傳，總會從「我的外祖母是霧峰人，我媽媽在霧峰出生，但我不是。」開始說起，我不是，一股強烈的異鄉人感就要從霧裡走出來，接著趕緊提筆寫道：「但我從沒有忘記霧峰，多半是因為外祖母身上的花香。」

霧峰，我默念著這個神祕的地名，想伸手擁抱那團記憶裡的濃霧。我憶起高中畢業前的暑假，那場颱風來臨前的某個清晨，外祖母獨自外出，臉上流露出熱烈期盼的神情。我一直想知道，外祖母那天去尋了什麼，含笑花的命運暗喻是否將要揭曉？

這年的夏天，我時常跟外祖母去巡龍眼園，她照顧的龍眼又圓又甜，得過農會比賽的獎牌。我們走同樣的路，經過土地公廟，停下來看那棵含笑花樹。外祖母的第三段婚姻，結束於丈夫的早逝，其實也經歷了十幾個年頭，最後留下金黃稻穗間一座隆起的墳墓，墓碑上刻著外祖母和我的名字，媽媽則堅持不列名。外祖母也不說什麼，她從沒有真的提過那三段婚姻。或許只是把想念靠著體溫，暈漾開來，只有她自己才知道的箇中滋味。

我們坐在土地公廟前的凳子，涼風來襲，媽媽曾在此處膜拜許願，經歷長夜的哭泣。夏天溽熱，隨即蒸發了所有的迷離意念，正要有誰從遠處走來，那種被注視的感覺圍繞著霧峰，沉甸甸的歷史，每一段往事都煨出了香氣。那年，外祖母已做過了九十歲的生日，身子仍硬朗，沒有半顆蛀牙，還可走在我前頭巡龍眼園。我突然想起，其實是我老早就想問的問題：「阿嬤，最早是誰在妳口袋放含笑花的呢？」外祖母一逕神祕地望我一眼，那個問題勾連起無數的歲月浮沉：「是我阿嬤，還是我小時候有個男生……」我終於知道，花香陪伴外祖母度過家族的榮光和苦難，如注定飄零的身世守著霧峰的一片窗口。外祖母沒有把話說完，起身，往午後的陽光照耀處走去。命運的暗喻在那時向我揭曉，那將是我和外祖母最後一段獨處的時光。

霧峰，我記憶中的模樣。我外祖母是霧峰人，我媽媽在霧峰出生，但我不是。後來的後來，我終究也是了。

雷公的女兒

應該過了十二點，爸爸前來叫醒文理和弟弟，滿面哀戚：「祖母死了。」那年，文理七歲。

文理惺忪的腦袋來不及反應，爸爸一張陰沉的臉佈滿視線，她揉眼睛：「誰死了？」

「大陸的祖母走了，剛剛來的消息。」爸爸說。「喔。」文理想返身回去睡覺，她從未見過這個祖母，也不知是不是要傷心，等天亮再說吧。

「不行，你們得哭。」爸爸捏文理的手臂，那力氣可把文理捏痛了，「哭吧。」爸爸說，文理痛得留下兩行淚，弟弟則真放聲大哭。爸爸看著兩姐弟，這才滿意說道：「去睡吧，明天還得上學。」

文理其實一直聽說這個祖母的故事，她不可能不知道的，家裡有一張黑白照片，是年輕的爸爸和祖母的合影，一直擺在爸爸寫字桌的硯臺邊。爸爸下班回家，吃飯，看報，梳洗，十點多坐在書桌前寫日記，有時拿起相框用手帕擦拭，好像這樣做，才能原諒自己沒能留在祖母的身邊。文理聽說當年共產黨進長沙，當過國軍部隊的爸爸淪為黑五類，街坊傳言再過兩天就要抓人了，守寡的祖母把全部家當和珠寶都給了爸爸，要爸爸連夜逃離。爸爸經由香港來到臺灣，往後多年，都沒有祖母的消息。文理第一次聽這個故事後，問爸爸：「那我比較像祖母還是像媽媽？」父女倆其實有一樣的方正臉型，低沉又宏亮的嗓門，遠遠走過來，就可聽見他們的聲響，爸爸意味深長：「妳誰都不像，妳比較像爸爸。」

文理長得像爸爸，長得越大就越顯眼，小學時，她和爸爸上街買文具，才轉頭，爸爸即不見蹤影，文理往前走，在一堆比她高一個頭的身影裡找爸爸，終於有個好心的婦人說：「小妹妹，後面那個跟妳很像的人，是不是妳爸爸，他也在找女兒。」文理狠狠的瞪了此人一眼，這件事，一直是文理青春期心中的陰影，她覺得媽媽長得才好看，不敢想像爸爸的濃眉大眼移植到她臉上的德性。她曾照著鏡子，一面安慰自己：「哪兒像啊，我的眉毛細多了，好看多了。」一次，高中同學拿筆記來她家，爸爸開的門，照了一會面，事後那同學說：「文理跟她爸爸，簡直一個模子胚的。」文理氣得不再跟這個同學說話。

不知從何時開始，爸爸天天寫日記，文理出生時，玻璃櫃裡已陳列著厚厚十來本，全是宣紙線裝，封面塗臘。玻璃櫥沒鎖上，文理好奇的拿過幾次舊日記看，她弟弟是運動型的，國中後成天不在家，也不會想看爸爸的日記。爸爸當年的記事就全由文理獨有，好像爸爸寫日記時，就已預知到數年後他會有個女兒，會來翻看他的日記。爸爸在人類首度登月時寫著：「阿姆斯壯言此為他的一小步，人類的一大步，壯哉斯言，此後我若有子，當亦如是也。」

爸爸在日記裡稱文理「小寶」，但文理長意識以來，卻不記得爸爸這樣叫過她，於是，「小寶」就像爸爸藏在日記裡的某種密碼。

文理讀到，她兩歲時，爸爸扛她在肩膀上，到鄰居家串門子，好像將她這個女兒，當做某種可以炫耀的物件。爸爸五十歲才生下她，聽媽媽說，從小就當她是寶，長大後，文理卻沒有太多的感覺。

爸爸在日記裡寫下幫她洗澡，熱水倒進白鐵盆內，還幫她洗頭，那約莫是她三歲多的事。隨後的記事邊，爸爸又嚴肅工整地寫下「蔣經國總統今天由署長陪同，前來向警局同仁拜早年。蔣總統勉勵做好春安工作，早日完成三民主義統一中國大業。」這在她的前面；她的後方，緊鄰著「美國雷根總統提議星戰計畫，防堵赤俄領先科技，實為明智之舉。」她洗澡的澡盆夾在兩條國內外大事間，好像兩個總統同時轉過頭，看到一個滿頭都是肥皂泡的小女孩，正坐在澡盆內，怔怔望著她的未來。

她匆匆跳過幾年，有時還得防範爸爸突然出現，看到她在讀他的日記，她不清楚爸爸會不會在意，反正也從未讓爸爸發現。文理心想，理直氣壯：「這可是我的自身成長，這就叫做『自我探索』。」某年某月某日，爸爸這樣寫著：「我家小寶天資聰穎，個性善良，將來長大必定能貢獻國家人寰，當個堂堂正正、有為國民。」文理看到這段字，有些臉紅氣燥，她不記得當年對應的童年往事，卻一直感受到爸爸對她的期望，她從大學畢業後，就常常夢見爸爸，總是不說話，在蘭花盆栽、祖母的相框與牆上懸掛的種種獎狀邊，寫著他的日記，一天也沒有停過的。

那時，她在廣告公司找到一份「企劃撰稿」的工作，剛進去，主管說：「你要負責幫客戶委託的產品廣告，想出消費者願意掏出錢的標題。」文理無來由的問道：「這算不算是貢獻國家的有為國民？」主管愣了一下，大概也沒有人這樣連結過，回答：「對客戶來說當然算。」

文理其實記得，爸爸提到她「個性善良」，是她三、四歲時很照顧弟弟，會將健素糖分給弟弟。她陰陰的想，弟弟就是吃多了健素糖，才一副頭腦簡單四肢發達樣。

爸爸在大陸當過兵，逃難來到臺灣後，帶過軍隊，又轉到警政，文理知道爸爸一直職掌警察風紀和人事考核，在家裡，卻只提以前當兵的事。她讀國中時身體開始發育，食量比同齡女孩還大，嚴重挑食，有時跟媽媽要錢去買新衣服，或者買一條新牛仔褲，冷不防爸爸從客廳那頭，罕見的大音量說：「我當兵時，有饅頭吃，就不錯了。」有時則這樣說：「我當兵時一雙布鞋穿到補丁繼續穿，褲子磨到看不出原來的顏色，哪像你們，奢華浪費。」

文理辯道：「爸爸，女生不用當兵。」

爸爸寒著臉，如雷電大作前的天空，「看妳這樣子跟爸爸說話，就知道中華民國的教育辦得怎麼樣了，最少也要立正。」文理心頭閃過在爸爸日記讀到的那個「小寶」的影子，她真的就在爸爸面前立正：「這樣可以嗎？爸爸。」

爸爸有點無奈的說：「好，稍息。」看了看廳房四周，「妳弟弟成天都野到哪裡去了，他總得當兵吧。」

文理記得，如果記憶沒有分岔，爸爸的日記一直寫到八十八歲，開始住院後，那時他已失去記性，當然，醫院也沒人有空幫他磨墨準備毛筆。但七十多歲剛從警局退休後，每晚十點睡覺前，爸爸一直在書桌前寫日記。他的毛筆字寫得好，接近柳體，整整齊齊的工筆小楷，沒有一點一劃一撇曾經亂掉。爸爸穿著睡衣，露重寒意來臨時會圍圍巾戴上毛絨小帽，脖子佈滿肝斑，手臂會因使力而顯露青筋。

媽媽有時會勸他：「再寫下去，當心搞壞眼睛。」爸爸頭也不抬，繼續懸腕提筆：「不寫，怎麼讓後代人知道我們這代的事。」

文理相信爸爸到八十歲仍保持好眼力，那個年歲，爸爸寫的字仍極細，才三十歲的文理也寫不出來。當時公司接到一系列視力保養廣告，文理把腦筋動到爸爸頭上，建議爸爸當產品見證人。當時的主管一句話就回絕了：「廣告訴求是比較年輕的客層。」文理心想還好，不然，依爸爸個性絕對不會答應，在日記又記她一筆。

爸爸在日記中經常提到媽媽，但多半是這樣的：「惠蓮個性極其隨便，不懂齊家治國，理家毫無規矩可言，真乃懶女人也。」文理看得直想笑，根本是夫妻某次吵架後的投射心理，幸而隨後爸爸加上一句：「然惠蓮愛夫愛子女之慈心人也。」總這樣拐彎抹角，神來一筆讚美老婆。文理心想，會不會老爸也要提防媽媽來翻日記，先打預防針？

日常生活裡，爸爸叫媽媽總省略成一句：「喂。」反正家裡有此榮幸被稱為「喂」，也只有媽媽一人。媽媽這「慈心人」其實被爸爸說得一點也不冤，她從院子收回晾曬的衣服，總堆成一氣，舉凡信件、報章、雜誌、帳單、發票堆滿整個床頭櫃，有時還蔓延到客廳地上。爸爸回家，耐心好時就只念幾句：「怎麼這麼亂，報紙怎麼看嘛！」自己就動手為文件、報章分類，沒過幾天，床頭櫃又堆滿一個小丘。爸爸每隔三天兩頭就在日記訴吐不滿：「惠蓮之雜亂，實文理雜亂之樣範矣。有樣學樣，兒女如何見賢思齊？」小爸爸十八歲的媽媽，是標準的臺灣媳婦，他們這樣生活了五十年。

文理的個性在這方面很像媽媽，所以她一直說服自己和別人，她像媽媽，一點也不像爸爸。高三時，她準備大學聯考，爸爸規定家中九點後不准看電視，也不能出聲音，讓文理專心備書，連爸爸雷鳴般的聲量也自動降低，讓文理著實過了一段清靜日子。弟弟有些吃味，一直說他這個兒子，很像是姐姐的附送品，就像拆開薯片包時，掉出來的塑膠玩具。文理說：「那我跟你換，換你來給爸爸管。」弟弟後來就沒再這樣說了。

那時，文理讀過的教科書、參考書、筆記、猜題講義、考古題堆滿書桌，有時還蔓延到床上，床上除了一個稱得上人形的睡覺區外，全部是書。爸爸雖不出聲，常進來默默為她整理分類，有次還買來個簡易書夾，其實就只是兩片鋼片，要來幫她整理書，文理看不過去：「爸，這些書一考完就要扔了，別費工夫整理啦。」爸爸望著她直搖頭，露出極其不同意的神情。多年後，當文理重新閱讀爸爸的日記時，讀到爸爸抄錄一段白居易的《與元微之書》，眉批寫道：「惟小人與女子丟書也。」她立刻知道，爸爸講的是什麼意思。

大學聯考那天，文理堅持一個人去，爸爸雖說：「等等，聯考有如上戰場，非得爸爸去關心一下，一下就好。」文理心中跟爸爸對話：爸，你在大陸打仗時，你的爸爸有陪你上戰場嗎？她忍住到了嘴邊的話，拋下一句：「我來不及了。」轉身先走。

那天氣溫極高，考場在一棟紅磚牆的教室，他們習慣稱這裡是「紅樓」，文理從沒想過，她一直覺得很浪漫的紅樓，竟然就是決定她未來四年去向的戰場。第一場時間未到，考生三三兩兩，靠在走廊臺階或坐在陽光下的灌木叢間，有同學叫文理：「嘿，妳看。」文理從書本抬起眼，就看見方正臉的爸爸穿著卡其布裝，提著一袋飲料和食物，爸爸說：「文理，吃過早餐了嗎，要不要再吃一點？」

文理的臉泛起一陣潮紅：「爸，不是說不用來嗎，這麼熱，你幹嘛這麼辛苦？」也不伸手去拿爸爸遞來的麵包。

爸爸說：「好好，妳好好考，爸爸不吵妳。」

第一節考國文，文理提早交卷，走出來，看見爸爸像站崗哨，直挺挺站在走廊，曬不到太陽，仍熱得冒汗。

「考得怎麼樣？」爸爸劈頭就問。

文理想起有幾題閱讀測驗，她其實是用猜的，卻不想這樣告訴爸爸，覺得爸爸會擔心，說道：「沒事啦，爸你回去啦。」

「喔，知道了。」爸爸回應。

文理不再理爸爸，自己找地方溫下一堂的英文，鈴響，她就進考場了。英文是文理最有把握的科目，高中時，她就參加英語會話社，還演過田納西威廉斯的作品，她很快就交卷了，出來後，不再見到爸爸的身影。直到下午考完最後一科，考生魚貫走出考場，校園佈滿家長熱切盼望的眼神。文理低著頭走路，有人拍她的肩膀，文理回頭，見是爸爸，下午請假又跑過來。文理鼻頭一酸，淚光冒出眼前，卻說：「爸，你又來做什麼？」

文理考得不算太理想，放榜，只考上一所私立大學的英文系。爸爸沒多表示意見，其實，文理曾在日記讀到，爸爸一直希望弟弟念理工，文理去念商管，但他的孩子的發展，顯然都沒有如爸爸的願望。她讀大學，仍住家裡，那段陪考的經歷，濃縮成爸爸日記中的寥寥數行：「今陪理兒赴考場應試，聯考乃今之科舉也，理兒平時成績優異，當能游刃有餘，作答自如。另陪考時，遇教育部長巡視考場，當場想向其反應對教育弊病之針砭良方，惟未能如願靠近。」文理讀到這段時，轉瞋為笑，這個爸爸對什麼都有意見，什麼都想管，這下總算踢到鐵板了。

爸爸還寫下：「國民教育乃用以鍛鍊國民，惟從理兒讀書之壓力觀來，顯實有迫切改革之必要。」文理漫長的中學生活，幾乎就像是為爸爸這段日記感言所做的註腳。

約莫文理讀大三時，警界爆發集體收賄，包庇電玩的案件，聽說其中幾名高階警官是爸爸昔日同事。那段時間，爸爸忙到焦頭爛額，回到家雖不多說，關在書房寫日記，偶而聽見爸爸像用盡肺活量的力氣，吼著：「糟蹋，糟蹋。」雷般的聲響迴盪在靜夜的廳堂，像心頭一個虛虛的錯覺。媽媽要文理和弟弟回房睡覺，說：「別擔心，只是雷公發作了。」

早上，爸爸照常起來吃早餐，弟弟已先走了，媽媽在後頭洗衣服，只剩文理和爸爸。文理打破寂靜：「爸，沒事吧。」爸爸黑著眼圈，看來像徹夜未睡，跟她點了點頭。

那天中午，文理在學校餐廳吃飯，瞥見記者堵到爸爸，要他發表意見。爸爸起初只是一臉不耐煩地撥開麥克風，就往辦公室走。年輕的記者不識好歹，拿著麥克風後頭追上，突見爸爸停住，轉身，瞪視鏡頭，兩秒鐘後，文理聽見熟悉的雷鳴：「無可奉告。」記者在第一時間嚇得後退兩步，隨即望著爸爸憤憤離去的身影說：「這是來自警界最新的回應，現在把鏡頭交回主播。」

到了晚間新聞，爸爸的這聲怒吼已剪掉，只剩下匆匆離去的模樣。很奇怪的，那幾天爸爸的日記沒有寫下這一段，抄錄了幾段《菜根譚》，後來，很少到廟裡拜拜的爸爸，在某一天的日記，寫了一遍《般若心經》。

媽媽跟文理提到，這是文理在爸爸日記從沒有讀到的，說爸爸在大陸當兵，這個小夥子就以嗓門著名，緊急時刻，部隊長官乾脆要爸爸直接扯開嗓子下達命令。據說在砲聲隆隆的戰場上，爸爸的聲音最少傳到十公尺外的壕坑。

媽媽說：「他以前部隊的同袍，來到臺灣的前幾年，還定期聚會，那時我才剛認識妳爸爸，只聽大家叫他『雷公』。」

文理問道：「怎麼我都沒見過？」

「有啊，雷伯伯、湯叔叔都是同一個部隊的，只後來相繼去世，就沒再聚會了。」

媽媽還說，也是她聽來的，長沙大會戰時，日軍砲火猛烈，我軍死傷慘重，放眼望去，廢墟間都是屍體，交雜著砲火和子彈。巷戰開始後，我軍已近失散，連長下達撤退令時，一顆流彈飛來穿過連長的胸膛，無人傳達撤退的指令。弟兄仍繼續在巷弄中與日軍廝殺，沒子彈的就拔出刺刀。這時爸爸站直半個身，一顆子彈從他頭頂飛過，他也沒閃，用盡氣力吼道：「十七連撤退。」那個聲響就如平地一聲雷，有些弟兄愣了一下，抬頭看天，以為聲音是從天上傳來的，是神明的意思，撤退到安全的據點後，原來的人數只剩一半。戰後，爸爸返回家鄉探望祖母，殘餘的部隊移防到臺灣，多年後連絡上，還有人稱爸爸是「恩人」。

文理的嗓音雖低沉，口條厚實，卻未曾遺傳到爸爸的肺活量。她在高中演田納西威廉斯的話劇，演的是一名神經質的美國南方女子。有一場必須發出嬌呼的戲，文理彩排時喊了一次，導演跟她說：「整個不對，分貝要高，要有些神經兮兮的那樣，像看見老鼠的叫聲。」文理繼續喊了好幾下，都不像，導演乾脆幫她改戲，要她改以低沉的嗓音說出內心戲。

長沙，一個遙遠的名字，爸爸確實跟文理說過，那是他們的故鄉。每年祖母生日那天，爸爸總在日記中記下與祖母相處的往事，她才知道那年當爸爸把他們叫醒，說祖母走了後，「回房靜思，母恩浩蕩，月白如水，心中反覆難眠，若欲理兒與同兒感知祖母之恩，實天之大幸。」

神話裡的雷公，是重孝道的神，文理從小就讀過一則故事，應該也是爸爸找來給她讀的，說從前有個窮苦人家，媳婦服侍婆婆吃粥，自己捨不得吃。媳婦在河邊洗米，被天上的雷公看見，以為她糟蹋米糧，一道雷劈下來，要了媳婦的命。當雷公知道真相後悔恨交加，從此與人間相約，要擊雷電前會先打閃光，照亮天空和世間，讓雷公看個清楚，不要再打錯人。

文理最想知道的是：「那個媳婦後來怎樣了？」

爸爸說：「當然下一世讓她生到富貴人家，一輩子好命。」

還有則神話是這樣的：雷公生了個女兒，女兒卻很討厭爸爸一天到晚打雷閃電的兇惡模樣，也不喜歡自己遺傳雷公的尖嘴。生性猛烈的雷公對女兒卻顯露出無比的溫柔，對她百依百順。還有個故事版本說，雷公的女兒就是那個媳婦的投胎轉世，這世輪到雷公要聽她的。

文理想起希臘神話裡，天神宙斯的女兒之一，從宙斯頭上生出的雅典娜，手拿弓箭，掌管著戰爭和智慧。小小的文理心底小聲的對自己說：「我長大後，不要做這樣的女兒。」

文理還有件秘密，國中寫周記規定要寫一周大事，她總先去找爸爸的日記，美其名說是找靈感，其實是原文照抄。爸爸的日記有時就攤開在書桌上，翻到晚上要寫的那一頁，文理只需匆匆瀏覽前一周的記事，便知爸爸的感嘆和心得。有次她抄了一段對「健保即將推動，實嘉惠臺灣人民的福利政策」的感想，老師在課堂上還特別點名文理，要文理談談她對健保的看法。

文理慌張站起說：「健保就是以後看病不要錢。」

老師瞪她一眼：「這是誰說的？」

「我爸爸說的……」文理說。

老師問道：「真的嗎？」

文理改口：「是我說的，我希望啦。我爸爸是說，如果健保實施後看病不用錢，就能解救很多窮人。」

有一天晚上，爸爸又來叫他們，她揉著惺忪睡眼，爸爸用哀傷的語氣說：「蔣經國走了。」這次，沒有要他們哭，只是在那個略有寒意的夜晚，他們都不再有睡意。文理待在客廳看新聞報導，爸爸回書房寫毛筆，媽媽和弟弟醒一會，又回房繼續睡去。

蔣總統走了後，總算換了個不同姓的總統，那一年內，爸爸大量書寫日記，平時一年可寫一本日記，那一年下來，爸爸就寫了三本，他保留剪報，把所有資料都一一存檔，社會運動的興起，讓爸爸的業務增加數倍，但文理對這些議題不感興趣，那幾年爸爸的日記，她幾乎未曾翻看過。上大三後加入搖滾樂團，也開始和弟弟一樣，整天在外頭廝混。

在樂團裡，文理的嗓音終於得到發揮。樂團有四名團員，一名鼓手，一名貝斯手和吉他手，她負責唱歌。原先唱英文民謠，後來也唱自己的創作，他們費了很多時間練習，直到深夜才搭公車回家。

這個小樂團曾去參加大專樂團競賽，文理在臺上對著數百名觀眾唱歌，一點也不怯場，那次他們沒能入圍。團員討論後，決定增加表演經驗，文理提議：「到西門町去唱吧！」

如果那時問文理，組樂團對她意味著什麼，文理必定回答：「那是我生命的全部。」媽媽知道文理的去向，沒有多說意見，但有一天，文理一早出門，爸爸攔住她：「怎麼……聽說妳去西門町賣唱？」

文理答：「不是賣唱，是街頭……表演。」

爸爸揮動手勢，提高音量，窗外一群麻雀聞聲飛起：「有沒有收錢？」

文理說：「我們錄了一張CD，要的人只須付點工本費。」

爸爸吼道：「那還不是收錢？」

文理說：「意思不一樣。」

「好，」爸爸說，「妳缺錢用嗎？我花這麼多精神栽培妳讀大學，妳竟然跑去賣唱？」

「好，那我以後不用你的錢。」文理轉身就走，和爸爸一樣氣得全身發抖。那是父女最嚴重的一次衝突，從此，文理刻意避開爸爸的作息，更早出門，更晚回家，她曾考慮搬出來住，繼續玩她的樂團。有時不經意間在客廳遇見一臉嚴肅看著她的爸爸，文理只點頭打招呼，自鳴鐘在兩人的距離間規律作聲，文理和爸爸的冷戰一直持續著。

在西門町的廣場上，擺好鼓具，拿出吉他，對著麥克風唱歌，過一會兒，假日的人群就會靠攏，聞風來到的學弟妹靠在近處拍照，鼓掌，當作他們的粉絲，慢慢地真的來了些喜歡聽他們唱歌、演奏的觀眾。年輕的女孩，穿西裝的男士，假日的遊客將文理包圍著。廣場上不僅有文理這一團，有時還有雜耍、說唱，模仿饒舌樂的團體像塊磁鐵，吸走更多的人潮，但文理也不在意，只想在那個時空裡，在一個城市的角落唱她喜愛的歌。多年後，當廣告公司爆發那場勞資爭議，當文理為自己的權益展開狀似孤獨的抗爭時，她常會想起在西門町廣場唱歌的那個自己，寧可時間停留在那麼單純的，以為只要把音唱準，把一首歌唱完，獲得在場觀眾的掌聲，她就擁有了世界。

那時，她也會想起當爸爸的臉孔出現在觀眾裡，沒有表情地望著她時，她心內的驚慌。她看著爸爸，突然不知接下來該唱什麼？吉他手學長走過來問她：「怎麼，太累了嗎？今天就到這裡吧。」

「沒事，」文理悄悄說，拿起麥克風，對著爸爸的方向說：「唱了幾首我們創作的歌曲，我想用這個難得的機會，將下一首歌獻給我生命中最重要的人，也就是我的父親，雖然他一直不贊成我唱歌。」她刻意不去看爸爸凝重的臉色，吉他手和貝斯手同時會意，望了文理的爸爸一眼，貝斯手悄悄皺眉。他們在排練時，文理曾開玩笑的練過，還說將來要唱這條歌送給她爸爸。

好，開始吧，貝斯手心一橫，鼓和吉他一起響起，前奏過後，文理唱起Madonna的〈Papa Don't Preach〉，她專心的唱這首歌，跟著樂音搖擺，沉浸在音樂的節奏。唱完，觀眾鼓掌，她才發現爸爸早已離開。

那天，文理將近午夜才回家，爸媽早已就寢，她一個人坐在客廳，像個做錯事的小孩，深怕一點小聲響就會吵醒大人。她靜坐片刻，悄悄翻開爸爸的日記，照常是工筆小楷，整齊寫著：

「今赴西門町觀理兒演唱，雖不贊成理兒走入歌藝事業，但現場觀眾頗眾，理兒頗具群眾魅力。理兒並以一首英文歌曲獻父，旋律輕快，雖不明其曲意，亦見理兒有心矣。」

文理闔起日記，鬆了一口氣。她和爸爸的短暫冷戰，就此告一段落。這個小樂團又參加一次地下樂團競賽，差點就入圍，寄演唱帶給唱片公司卻毫無下文。畢業後，三個大男生得去當兵，文理心頭覺得不捨，卻不得不告別她搞樂團的黃金歲月。只在廣告公司的同事一起上KTV或慶生會上，文理偶而獻唱一首，同事驚訝地大喊安可，文理對她們笑笑，那一刻她想起爸爸的日記，像一隻隱形的眼睛，一直在成長的歲月瞪著她。

爸爸的日記寫到八十八歲，仍然一筆也沒有亂掉，他晚年時一直嚷著要回去長沙，找他年輕時丟在老家的日記。直到他二度中風住院，無法再寫下去。醫師跟家屬說，年事已高的爸爸將會快速失去意識，「最多半年吧，要有心理準備。」醫生說，當時文理和弟弟都留在病房內，照顧閉起眼睛不再言語的爸爸。但是，每日的經歷見聞，是不是還照常在老人的心內默默反芻著呢？

沒有爸爸坐著的書房，像失去靈魂的眼睛。文理從醫院回來，坐著，鼓起勇氣翻開她和弟弟搬出後，這兩年爸爸的記事，在字裡行間，爸爸流露出對時局的憂慮，更多的篇幅，卻關心著她的工作和健康。爸爸寫著：「今日是理兒三十六歲生日，惠蓮打電話給理兒，謂其與同事一道慶生，不回家來。夜間，我和惠蓮仍買了一個蛋糕，由惠蓮吹熄蠟燭，為理兒慶生。」

文理讀到這一段，發現這兩年她不僅錯過了自己的生日，連爸媽和弟弟的生日，一家人都沒有團聚過。文理到病房裡，坐在爸爸身邊，看護士來給爸爸換點滴和尿壺，翻身，文理說：「讓我來吧。」病中的爸爸比想像還輕，皮膚皺縮，方型臉已瘦到緊貼臉骨。如果爸爸還寫日記，一定會無比感嘆他現在的處境，文理心裡想著。但爸爸已無法言語，她懷疑此時爸爸的神識漂浮到何處，空洞的眼神似乎望著遠方。

媽媽跟文理透露，晚年，爸爸開始寫下許多文理和弟弟童年的往事，他對那時候的記憶異常清楚，還一直講著把文理舉在頭上，像遊行般的一次散步。寫日記已耗去他絕多的體力，他晚年常一個人坐在廳堂裡，媽媽問他做什麼，爸爸回答：「等理兒放學回家。」

媽媽還說，爸爸寫完一頁日記，放下筆，把日記放在顯眼處，希望兩姊弟回來時能翻開來讀，瞭解他的心情。媽媽說：「但你們卻很少回來，大概事情也忙吧。」文理點頭，是事情忙啊。

爸爸在病房過的第一個生日，文理請假，特地去買了個爸爸喜歡的芋頭香草蛋糕，和媽媽弟弟約好，在病房內為爸爸慶生。文理負責點蠟燭，媽媽說：「要插九十了，真的，九十了。」文理說：「插個問號好了，住在醫院裡面的不算。」他們小聲的唱了一遍生日快樂歌，不想吵到其他的病人，爸爸仍閉著眼睛睡著，沒有任何反應。他們一起切蛋糕，將蛋糕分給同房的病人家屬和護士。

那年九月，文理工作的廣告公司被另一家大公司整併，她的部門來了個空降部隊的主管，一上任就將年資淺的舊人資遣了一半，理由是要引進新血進行改革。文理知道，她的考績雖然年年都是甲等，新主管卻一直挑她的毛病，讓公司不用付資遣費，就要她離職。

那時，文理用她累積的年假，每周請兩個下午的假到醫院照顧爸爸，有一周她自己感冒，要請半天假看醫生，她的假單照規定送進去給新主管批核，主管批了個「不准假」，還下了個字條說文理「請太多病假，又未經批准放年假，置主管顏面於何處？」

文理心煩氣亂，收到字條就想衝進辦公室和主管理論，也想不經准假就自己休年假算了，她最要好的同事拉住她：「別中計，你只要超過三天讓他認定沒准假，剛好給他要妳走路的藉口。」文理氣沖沖的說：「說我請太多病假，難道是我自己要生病的嗎？我只請了兩個下午，他卻硬說是三天。」

同事提醒文理：「妳平常請假，或者口頭請假，不都有寫在日記本嗎？我看妳一直有記日記的習慣。」文理拿出她的日記本，不僅有記事，她也遺傳爸爸的習慣，從進公司起就留下所有的記錄、發票和醫院的診斷證明。文理整理了一份報告，詳述她請休年假，在新主管上任那一天就已向他報告，新主管也同意了，反而到後來說他忘了。兩次感冒請假，也保留著醫院的收據和診斷證明，當天早上也有打電話向主管請假。文理將所有資料整理條列送到人事部門，說明這次不被准假的來龍去脈。

後來的發展是同事轉告她的，人事部門有位同事和她讀同一所大學，在西門町聽過文理唱歌。這位同事說，人事部門主管找來那個空降部隊開會，商討這件事的處理方式，開會的內容無人得知，但從此，這個主管就沒有再找過文理的麻煩。三個月不到，部門再度大地震，新主管又被調走，由文理接任主管。

人事令發布那天，文理正好請假在病房，同事傳簡訊給文理：「嘿，我們贏了這場戰爭。」文理難掩內心的激動，拉著已無神識的爸爸的手：「爸，我真的跟你好像，我是你的女兒。」爸爸閉著眼睛，手臂佈滿老人斑，那一刻，她覺得爸爸的手捏了她一下。

醫生當初判定爸爸的病情拖不過半年，但住院後已過了兩年，長期躺在病床的爸爸長著褥瘡，皮膚滿是潰孔，全身枯瘦，生命跡象微弱卻穩定，好像還有什麼事情擱在心內，還不願離開。

弟弟常常覺得不忍心，跟文理商量，爸爸活得這麼辛苦，不如讓他走了。文理說：「他的生命跡象還在，還有生存的意志。」姊弟沒有再談這件事，文理跟著同事開始讀佛經，在公司裡他們設立了「念經銀行」，共同念經回向給同事和需要的家人。文理反覆念著一部《華嚴經》，要為爸爸回向功德福報。

感覺許久許久後，文理在病房過夜，做了個這樣的夢：夢中，病到只剩一副骨骸的老爸爸在前頭蹣跚走著，天色昏黃，文理跟爸爸說：「爸爸，你還有什麼捨不得的嗎？為什麼不肯走？」

爸爸的聲音像遊魂從虛空飄來，「我是打過長沙大會戰，身經百戰的軍人，我不甘願輸給這場病。」

「爸──」文理在夢中嘶喊，哭倒。

那個老人聽見文理的叫喚，轉頭，站直身，從潰爛的嘴間用盡僅剩的氣力，發出一聲雷鳴：「十七連撤退。」

許久許久，回音如同恆久的雷電。

許久許久，當文理再度回到爸爸的書房，四周靜寂，正如同這半世紀等待主人的歸來。她翻開日記，磨墨，沾毛筆，又靜坐片刻，寫下這本日記的最後一筆：「我今來到理兒夢中，安慰她，惟望她長成為有為國民，我願已了。我已離去。」

給我女兒一百個吻

我的女兒站在臺北街頭，跟來來往往的男子索吻。

我對這件事情有什麼感覺嗎？

這場戲這樣進行著。女兒會先走向一個陌生的男人，等那個男人停止腳步，好奇地望她。女兒會說：「您好，我叫蜜模煞，正在臺北市街頭進行一項行動藝術，將來這個計畫會出一本書，所以能不能跟您要一個吻，跟您拍張照？」說話時異常的和婉客氣，好像她就像常見到的臺北人，只是要換銅板，女兒從沒有用這樣的語氣跟我說過話。

我怎麼知道女兒在街頭上說了什麼，做了什麼，這是個很長的故事。我應該邊說邊嘆氣吧。在臺北的街上，女兒要測試的是人性，還是，把自己當成一隻誘惑的唇膏？

我還知道有一次，女兒迎面走向一個穿西裝的中年男子，差不多是我的年紀，提著公事包，走出中山北路的巷子，或許要趕去談下一個業務合約。他聽了女兒有禮貌的問題後，露出一臉不解，先是揮揮手，走幾步又停下：「你說要什麼？」

「你的一個吻。」女兒說話時，習慣擠擠鼻翼，眨眨眼睛，俏皮模樣。小時候，她想要我買什麼東西給她，就是這副耍賴的俏皮模樣。

「喔，」這個男人說，「妳不是要跟我借錢贖身啊。」什麼跟什麼。

「沒有，只是要拍一張照。」女兒說。

那個男人望著女兒的臉，又遲疑了五秒鐘，緊張地環顧四周，中山北路照常車輛和噪音喧囂，但沒有人注意到他們。「好吧，」男人最後說，還望了一下腕表，標準的臺北人動作，「會不會很花時間，我要趕去見客戶。」

我通常不會去注意女兒和那些男人接那個吻時的小動作，這是一個爸爸的矜持。小時候，我常常親她的臉頰，她害羞的退縮，被我的鬍渣扎痛，我會膩聲喊她：「我的含羞草。」現在，我知道女兒分明還記得那個綽號，「蜜模煞」不就是「含羞草」的英文音譯嗎？

在臺北街頭，我已長大的女兒，像一株含羞草那樣地迎向陌生男子。

幾天前，女兒的姑姑，我妹妹打手機來時，我才離開辦公室，妹妹用有點神祕又急促的聲調說：「嘿，你最好看一下電視新聞，如果電視新聞沒有，網路新聞也會有。」

我隨口答道：「有什麼大新聞，紐約道瓊指數漲了嗎？」

「你看了就知道，不過，我建議你先吃兩顆高血壓藥。」

回到家，打開音響，流出 Leonard Cohen 的〈I'm Your Man〉，這個老傢伙歷經滄桑的愛情觀和聲音，最適合我這個年紀的男人。我聽過他在倫敦演唱會的實況錄音，卻怎麼也等不到老傢伙在臺北現身。隨後就打開電視，轉了幾臺，電視新聞幾乎每小時就重複播出，都在美食、折扣戰和 YouTube 奇聞裡打轉，我一點也不擔心會漏看新聞。

二十多分後，來了段整天已不知播出多少次的橋段。一個年輕的女記者站在中山北路的婚紗攝影店前，報導：「臺北市又多了一樁趣聞，現在的年輕人真敢，有名就讀藝術學院的女學生在臺北街上找人接吻。這項街頭藝術活動從紐約、倫敦、巴黎一路燒到臺北。」

街頭行動藝術？這關我什麼事，回家路上又沒有女孩來要我的吻，剛這樣想著，下一個鏡頭，我的心臟差點跳出來。女兒出現在鏡頭前，微笑，她笑起來就像一隻唇膏。記者把麥克風湊近，發問：「蜜模煞小姐，請說說妳的行動藝術的動機。」

女兒說道：「這場行動藝術，要打破臺北人人際關係間的界線，讓兩個人的嘴唇縮短到最短的距離，突破性別的分立……」

女兒還沒有說完，記者就忙著把麥克風收回去，媒體顯然對美學理念不感興趣，只想捕捉畫面。鏡頭跟著女兒的背影走向一個長得有些像藍正龍的男子，只見女兒靠過去搭訕，手裡拿著那部尼康的單眼相機。那男子遲疑了一下，顯然有些心動，隨即發現有攝影機跟在後面，立刻忙不迭地搖頭，快步離開。這一次，女兒顯然沒有打破臺北人的性別界線。

看到這裡，我想也夠了，正想要關掉電視，音響裡 Leonard Cohen 的那首「一千個深深的吻」正好開唱，我以前已不知聽過多少遍這首歌，卻沒有這次這樣讓我驚心動魄，我想，幸好女兒沒有聽過這首歌，她的行動藝術的名稱是「在臺北，一百個與陌生人的吻。」

歌曲輕快，不像深吻時的停滯，唱道：「小馬跑，女孩年輕，賭注快揭開了。」

回到電視新聞，那名女記者正要收尾，她說：「警方正在展開調查，這樣的行動，有沒有涉及妨害風化。」這樣說，事情就變得有些嚴重。我想像警察將女兒帶回警局盤查的畫面，也許警察會盤問：「說，有沒有涉及金錢交易？」把我女兒當成了流鶯。

關掉電視，我給女兒打電話，響了十幾聲都沒有接，終於有人回應了，說了一聲「喂。」背景是吵雜的車聲和人聲，還隱隱聽到救護車呼嘯而過的聲音，我只來得及說一句「妳在哪裡？」電話又斷線了。

接下來，以一個父親的本能反應，我火速衝向女兒的租屋處，坐在計程車裡，司機看的民視新聞又重播了那則訪問，司機沒有作聲，我想他也看不出我跟那則新聞女主角的關係，安心地陷進自己的盤算，我想著有什麼辦法叫女兒搬回家來住。

到達女兒的家門口，我沒有鑰匙，只能在有點要下雨的臺北街頭等著，幸好這裡還有一片突出的屋簷。站了十五分鐘後，我想起常在臺北街頭看到的，那些拿著售屋招牌的人。我常常經過他們，只是不經意地看看上面的訊息，那些廣告詞挖空心思要你相信，臺北是個多麼適合居住的地方，有的會引用陶淵明的詩，或像是從〈桃花源記〉引出來的句子，雖然我想以陶淵明的收入和那五斗米，絕對買不起臺北市的房子。二十分鐘後，我還想起在捷運站外對著路人發傳單的，在紅燈時要司機搖下車窗，兜售玉蘭花的，但我什麼也不是，我只是一個爸爸。

我先得想好要怎樣開口問女兒，最開門見山的問題也許最得不到效果：「女兒，吻陌生人會不會很髒，搞不好會得病？」我隨即給自己打回票，如果我這樣說，以女兒的叛逆個性，肯定不理我。

所以，我的問題應該客氣一點，有禮貌一點，就像我在幼兒園前看過的，一個爸爸對女兒說話的口吻：「妳乖乖的聽老師的話，爸爸下班後帶妳去麥當勞。」臺北市的速食店總是被太多的小孩佔領，會不會是臺北市有許多很乖的小孩的緣故？但是，我想我不可能用這種口氣跟女兒說話，女兒從小就不喜歡吃速食，起碼，她一直保持著一副好身材。

天下起毛毛雨，我繼續想著各套劇本，打草稿，站了一個小時後，女兒才悠悠出現，神色疲倦，但看不出其他表情。「爸爸，你怎麼會在這裡？」我衝口而出：「我看到電視新聞了，妳在搞什麼鬼？」結果，還是講了這句。

女兒說：「爸，你不懂，這是一種行動藝術。」

我說：「行動是夠了，但藝術在哪裡，我怎麼看不到？」我本來還想說，早以為女兒上藝術學院，是去學國畫、素描，最多只是去做人體雕塑嘛，誰曉得……

「爸爸，等到拍好照片，再加上文字敍述，秀出每個男人的反應和表情，就是最好的浮世繪。」

浮世繪？我當然知道，有段時間我很喜歡葛飾北齋，喜歡浪人和裸女的江戶風情，他的畫風影響到後來的法國學派。但我想女兒的意思不是這種浮世繪。

我說：「女兒，妳怎麼不乖乖的去學畫畫就好呢，妳做這種事，別人會怎麼看妳？」

女兒看著我，好像在端詳一件展覽品：「爸呀，我們系上還有女生去當人體模特兒，將來要出一個『肉慾化身—被看和觀看』的專題的，我只是個小case好不好？」停頓了五秒鐘，又說：「對了，你怎麼知道，我跟老師提出這個計畫時說，我就是想了解別人會怎麼看。」

我有點想笑：「嘿，這是兩碼子事吧。」

「爸，我很累了，沒事的，我會有分寸的。你回去休息吧。」拿出鑰匙就要去開門，我看著她的背影問道：「妳要不要考慮搬回去住，可以省下房租錢？」女兒不答話，連搖頭也省了。

我聽見鑰匙在匙孔內扭轉的聲響，一直覺得，這是臺北人發出的聲響裡最寂寞的一種聲音，但是，回到家，難道不就是一種幸福嗎？鐵門應聲而開，女兒就要進門時，我提出一個爸爸們總想問的問題，其實也是好奇心驅使著我：「妳今天吻了幾個男人？」女兒望了我一眼，她的表情混雜著困惑和鄙夷，好像我根本連問也不應該問，她重重的關起那扇長滿鏽斑的鐵門，力氣大到連掛在門上的羊奶箱都歪斜了一邊，明個兒早上，送羊奶的人望著這個箱子，說不定還會想，難道有貓兒趁夜爬上鐵門，想喝羊奶嗎？「那隻貓一定會失望而返吧。」送羊奶的人說不定會這樣想。

我不想再繼續站在冷雨中，對著一扇生鏽的鐵門乾瞪眼。回去的途中，回憶沿著一條有順序的軌道湧向腦際。我簡直不敢相信，同樣的事情，竟然發生在眼前我熟悉的臺北街頭，感覺才是幾年前的事，對的，如果我承認那已是許多年前的事，豈不透露出我的年齡？似乎，在臺北，櫥窗、派對、狂歡的夜店是屬於年輕人的。不會有人在意一個老爸模樣的男人輕易透露出年齡。我不敢想像女兒站在夜店外，跟喝醉酒的男人索吻，如果那個男人二話不說，先吐了她一身呢？我應該折返要女兒保證，絕對只在白天的臺北市進行她的行動藝術，天黑了就得乖乖回家，但是，如果女兒又用那種看著怪物的眼光說：「我又不是在上班，你乾脆叫我打卡算了。」我該如何回答？

同樣是這幾條臺北街道，沿著南京東路一路到橋邊，過了新生北路、龍江街，接下來是復興、敦化，我閉起眼也講得出路名。十幾年，高樓一棟棟建起，分割天際線，兩旁的商家和招牌如走馬燈一再替換，在不經意的記憶裡，女兒跟在我後面走過街道。現在，我突然好奇想知道，她記憶裡的南京東路，有什麼印象，她記得些什麼？我寧可她並不記得，我跟她媽媽站在東興街一家銀行前吵架的情景。多年後，有個女歌手在這裡的路口駕車撞死一名夜歸的護士。但那天，我們吵得很激烈，後來，不知是誰喊出「那孩子歸誰」？

另一個寒風裡的記憶，女兒也跟在我後面，我們走到林森北路的康樂里。我年輕時下班後，常來這裡的「袺家水餃」吃剛起鍋的水餃。後頭，是一頁移民和動盪歷史的縮景，在紛雜的巷弄裡藏著日本人建的鳥居。我不知是何時養成的習慣，心情不好時就會跑到康樂里看那兩座小小鳥居，聽著來自各省的人操不同的口音，生活在同一片臺北的天空下。

我記得有一次，是在女兒還未出生前，我在李志希、蘇明明演的《超級市民》裡看到了康樂里的場景。李志希飾演從南部來臺北打拼的年輕人，就住在康樂里的簡陋屋內，也許這就是那個年代，一個典型「臺北夢」的起點，在迷宮般的違建內。我怎樣也想不起蘇明明的角色，開始不確定她有沒有演過這部電影，我好像記得後來她嫁給了那部電影的導演。

我跟女兒來的時候，已是一九九六年的年底，市府拆遷的氣氛非常濃厚，坐在水餃店中，四周的顧客大聲咒罵阿扁市長，我還記得女兒看著我喝酒，剛上桌的水餃她卻一點也不動，我連喝了兩杯酒後，本來還想帶女兒去看那兩個鳥居，女兒卻說：「爸，你要喝酒，也不用跑這麼遠啊。」那年她才幾歲，卻跟她媽一個模子印出來似的，我為此又多喝了兩杯酒。

女兒，我該怎樣告訴妳，從年輕起我就喜歡這種隱藏在嘈雜人影間的感覺，我怎樣告訴妳，爸爸一直懷念著那種巷里即將消逝，喝再多杯的酒也無法挽回的孤獨感？

那晚，是我和她媽媽簽離婚證書的隔周周末，林森北路上懸掛著抗爭的標語，有個老榮民就在我們面前大喊：「跟他們拚了。」好像他準備投入的是一場戰役，我記得他胸前佩戴著褪色的勳章。在寒風裡，女兒露出厭倦的神情看著我，我湧出想嘔吐的感覺，卻唱道：「我要在一座永不睡去的城市醒來。」就連這個時刻，我都還記得 Frank Sinatra 那首歌的歌詞。

隔天下班後，回到家，打女兒的手機，照常沒回應，只傳來我不認識的女聲答鈴。我打開電視，在新聞頻道間梭巡，沒有再看到有關女兒的報導，這讓我悄悄鬆了一口氣。這樣的新聞熱度，聽說在臺灣是很正常的，除非那個膽大的女生，也就是我的女兒，在街上遇到了變態狂、色狼，像仁愛路和延吉街口就常有個穿著厚夾克的流浪漢，當你經過時會跟你說：「對不起，借我一百塊好嗎？」路過的人從沒有人給過他，他卻樂此不疲。有一次，我真的想掏出一百塊錢，跟他說：「拿了這一百塊，以後別再問我了。」喔，如果我女兒遇見這個流浪漢，我一點也不敢再想下去了。

有那麼一刻，我還想起她媽媽，這個曾發誓要跟我廝守一生的女人。如果她知道自己的親生女兒在臺北街頭跟陌生男子索吻，心中會作何感想？但我只想了那麼一下，就決定先去洗個澡。

我一直盡量做到一個父親的責任，給她零用錢，滿足她所有吃零食的需求，不過她一向吃得不多。在臺北市，爸爸帶著兒女走在街頭已越來越常見，我一直想知道，他們跟我是不是同一國的。有一回，在通化街的怡客咖啡館，鄰座坐著一個爸爸和低頭寫作業的兒子，爸爸指著作業說：「你看連這個都會犯錯，你顯然是沒有用心。」拿起橡皮擦，就要幫兒子擦掉那片鉛筆字，嘴裡的攻勢也沒有停下：「你到底是不用心，還是真的不懂？」我按捺不下衝動，湊近身脫口問道：「請問，你是單身爸爸嗎？」我想我的神情，大概像極拉保險、或在街頭發傳單、賣房屋的業務員，那爸爸狠狠回瞪，也不理我。我摸摸鼻子，就離開了咖啡館。

我沒有幫女兒擦拭過鉛筆字，她拿回來成績單，分數再低，我也儘管簽名，也許心中難免藏著無法給她一個完整家庭的歉意。女兒對我的心意卻不怎麼領情，念國中時，她和同學說說笑笑走出校門口，見到我已在等著，要和她一起回家，她臉色一變：「爸，我又不會逃家，你怕什麼？」

高中時，她最離經叛道的行為，也不過就是堅持穿長裙內套褲襪，那是那所私立高中不准的，那所高中以升學率和制服，在臺北市闖出名聲。後來，我接到學校打來的電話，趕到學校去，只見女兒低頭默默坐在訓導處，一個看來像教官的女士要我把女兒帶回去，我們默默走出校門，她低著頭，看著建國花市邊的紅磚道。我望望天空，看看這張像極了她媽媽的臉，低聲說：「別告訴那個教官，妳穿這樣很好看啊。」這句話，就讓女兒笑了。

我真正會過問的是不讓她交男朋友，高中時，我掛過男孩打給她的電話，所幸她青春期時，手機的風氣還不夠普遍。那次女兒嘟著嘴，眼中冒出火焰射向我這個老爸，我說：「等妳二十歲上大學，要做什麼就隨妳，我不會再管妳了。」我想起自己說過的這句話，卻寧願女兒把它給忘了，女兒啊，要做什麼都隨妳，但別人會怎麼看妳呢？

再等待兩天，依然沒有女兒的消息，她其實也不會主動打電話給我。我決定再去鐵門外等她，這天沒有下雨，晚上氣溫稍涼，我有備而去，多帶了一件可當作雨衣的外套，哼著 Leonard Cohen 那個老傢伙的那首〈著名的藍色雨衣〉。沒多久，女兒姍姍來遲──這個詞似乎不能用在這裡，畢竟我們也沒有約定。女兒的神情依然疲憊，有那一瞬間，我還感受到孤寞和失望，「會不會今天有很多男人拒絕她，讓她沒有任何的收穫呢？」我心中掠過一絲喜悅，畢竟，在臺北市，要一個男人在眾人注目中接吻，還得留下影像紀錄，甚至可能上電視，根本是需要勇氣的事。

「爸爸，你又來了。」女兒看到我，語氣如狂熱一夜的舞者。「有什麼事嗎？」我覺得這樣的語氣是個好的開始，說道：「其實，我就是想知道，妳有沒有事。」

女兒遲疑，似乎有滿腹的話想說，轉念間，又覺得一個女兒跟爸爸講這些話，一點也不恰當。我看得出她選擇了另一套說法：「我今天整整走了三條街，有點累了。」原來，是身體疲倦的問題嗎？

我說：「妳的課業呢？不用去上課了嗎？老師知道妳這項行動嗎？」

女兒說：「這原本就是學校老師要我去做的啊，我那個指導教授，在美國就是做性別行動藝術的。」

「喔，」我應道。原來還有這門藝術啊，心中冒起一道疑問：「那她自己有做過同樣的事嗎？」

女兒凝視著我，我極為熟悉的臉孔，閃過另外一個女人的影子，難道是附身？女兒說道：「爸，你怎麼知道沒有呢？」她拿出鑰匙，發出這城市最寂寞的一種聲音開門，巷子裡的野貓群遙遙呼應。我開始懷疑，女兒的屋內養著一群貓。我下意識想跟著進門，女兒用她的身體擋住我：「爸，我已經累了，有什麼話，改天再說吧。」

「這樣啊，」我說，遲疑著，趁女兒不注意，將一個保險套塞進她的大包包內，女兒也沒有發現。我不知道當她發現這個保險套時，會不會相信，那代表著一個父親的心情、焦慮和擔憂。許多年以前，當同性戀還是這座城市沸騰的話題時，我就遇過有名同志志工在臺大醫院外發送保險套，那名高瘦的青年要將保險套送給我時，我沒有收下，只淡淡說道：「要用的時候，我自己會買。」

我不敢想像，卻任狂想持續發酵。如果，女兒屋內養的不是一群貓，而是一個男人呢？

我想女兒會如此回應我的質問：「爸，妳不是曾答應我二十歲後，就隨我去嗎？」

想想也不對，在臺北，有哪個男人，會讓他的親密伴侶在街頭上要湊齊一百個吻？忌妒肯定會讓所有男人變成怪物。

「親愛的，我今天在街上吻了十個男人，恭喜我啊。」

「是喔，那我是妳今天吻的第十一個男人嗎？」

「剛剛那隻金吉拉算嗎？」

然後，其實也是不經意的，兩天後我起床時，腦中自然而然冒出這個想法。刷牙、洗臉，想著要吃什麼早餐時，這個想法就像美式黑咖啡濃得化不開，趨使我必須認真對待。真的，從我十六歲那年，跟蹤一名單戀的女生到她家巷口後，我就沒再做過那件事了。後來在同學會我遇到那個女生，還不自禁地臉紅，怕她發現那個屬於我的青春期的秘密。

我打電話要同事幫我請假，請假的理由極容易編織，搞定，放下黑咖啡，直奔女兒住處附近。我找到個隱密的花叢，對面有小孩由媽媽帶著在小公園坐蹺蹺板，母子的重量不平衡，孩子那頭總是高高翹起。我想這城市的親子關係其實也是座蹺蹺板，但女兒的重量讓我高高的翹起，上下不得。這樣想著時，女兒終於現身。她穿了一套水藍色的洋裝，將胸前的鈕扣扣到喉間，讓她怎麼看都像是個要趕打卡的OL。她望望天色，大包包內應該放著照相機、筆記簿和筆。如果有本素描簿和一支鉛筆，會更符合藝術學院學生的身分。小時候，她極擅長炭筆素描，不過那時她畫的只是些石膏像、花瓶和靜物而已。我不知道我放的那枚保險套是不是仍躺在她的包包內，她已經發現了嗎？那天，我是不是應該再寫一封信，表達一個父親的焦慮和擔心。但是，她會不會把信連同保險套都丟向垃圾簍？

女兒沒有看見我，她望過來看見的應該只是一片花叢。還不到杜鵑花開花的季節，不會招來目光，我想我也躲得很好。有名作家曾經如此寫道：「生活在臺北市的一個好處就是，你永遠可以找到把自己藏起來，不讓他人發現的地方。即使那是一個洞，公園的一張空曠長椅或一個角落。」對我，就是這片杜鵑花叢。

我戴上墨鏡，出門時，還刻意地戴了一頂棒球帽。當女兒離開家門時，我第一個想法是，這樣的掩飾足夠了嗎？來不及細想，女兒大跨步地走向市政府捷運站，如同有首進行曲在催促著她。同樣的路徑，我們父女早就走過無數回，那時她還沒有搬出去。這次，我落在她後面，遠遠跟著。

我的心思迅速做出各種判斷，猜想女兒的去向。第一，她會去坐捷運嗎？市府捷運站可以通往南港或反方向前進西門町、龍山寺和土城，如果她進了捷運站，在尖峰的眾多人潮間，我毫無繼續跟著她的把握。我取出悠遊卡，緊緊握在手裡，開始做衝刺百米的準備。沒有那一天的臺北人潮，曾讓我如此的精神緊繃，我很想對著擦身而過、慢慢湧上來的每張陌生臉孔喊道：「一天有二十四個小時，你們非得擠在這個時刻上街嗎？」

西門町。我直覺判斷女兒會去西門町。那裡的人潮夠多，最重要的是，老人和年輕小夥子也夠多，這兩種人口群，都是女兒索吻的理想對象。老人看多市面，不會介意一個女孩的吻，而年輕小夥子夠衝動，代表他們較傾向會接受女兒的請求，不須在意老婆、同事或熟人的眼光。況且，西門町通路眾多，女兒應該想到，如果她遭遇糾纏，可以選一條路迅速離去。

曾有新聞報導提到，在真善美戲院旁的那條熱鬧商店街，常有老人坐著，向來往的女子比出手勢，若是四根手指表示他願意出四千塊錢的交易價碼，等待流鶯、援交女孩自動上鉤。我從不知道這則新聞的真偽，確實，曾有一天，我不經意地坐在六號出口的長椅上，看著各種裝扮的女子經過，從她們身上的香味想像她們的心情和故事，我坐了一個多小時，遲遲沒有比出任何手勢，或許，這才是我那天空坐一個下午的原因。

去西門町，對我還有個好處。這個時候，我的同事、老闆、我認識的人比較沒有機會出現在西門町，他們都留在自己的洞穴內為臺灣經濟做貢獻，反而省去我解釋的麻煩。我一點也不想跟同事說真話：「我只是在跟蹤我的女兒。」

女兒的動向果然依照我的計畫，她背著大包包走進捷運。我趕緊加快腳步，有一段路根本就是小跑步，衝進捷運站，我發現我真的已不再年輕。女兒進了閘口，下電梯，停在閘門前。我跟著另一群乘客站在另一排，女兒專心地站著，望著廣告牆出神，我想她沒有發現我。

捷運進站，人潮下車，發出尖銳急促的笛音，女兒進車廂。在那一瞬間，我想著是不是就到此為止，我應該回去上班，過一個正常人的生活吧。然而，我必須在笛音結束前做出決定，時間過於匆促，像臺北人其實都走在一個大滾輪上，滾動繼續就得走，根本沒有停下的餘地。我跟上了捷運。

下一站，國父紀念館。下一站，忠孝敦化站。人群進進出出，女兒毫無下車的打算，所以就是西門町了嗎？才這樣想著，捷運啟動，在忠孝復興站停住，女兒突然起身，向車站走去。我趕緊跟向前，差點撞到一個龐克頭的男子。那男子在我背後狠狠咒了一聲。我原本想回頭說：「對不起，我女兒顯然對你不感興趣。」

我緊盯著女兒的身影，跟她上到地面，又見到別來無恙的城市，往來的行人依舊戴上冷漠當面具，我常常想，別人看著我時，應該也有過同樣的想法。在SOGO廣場，綠色的百貨公司大樓藏著一座大迷宮，施行迷惑消費者的魔法。東西向的忠孝東路，南北向的復興南路，血流般輸送臺北人的故事。我遠遠看見女兒走向一名提著公事包，穿斜紋西裝，三十多歲的男子，心中暗讚，女兒啊，真有品味，隨即覺得這不是一個爸爸應有的念頭。距離過於遙遠，我不知道他們的交談內容，我想再靠近一些，卻怕會被女兒發現，五分鐘彷彿一世紀般漫長，只見那男子聳聳肩，又說了一些什麼，女兒露出笑容，那臉上的表情應該就是笑容，那男子繼續趕路。

我想再過去一些，像木柵動物園的企鵝般伸長頸子，在百貨公司前遇見熟人的機率大增，若有人撞見我在上班時間逗留此處，可能會上臉書傳播這則消息，說不定很快就傳到老闆耳裡。但我也顧不得這層憂慮，越靠越近。女兒又走向另一名三十多歲的男子，男子旁邊跟著一個女伴。女兒還來不及說更多話，那女伴就拉著男生的胳臂急急離開，這次距離靠近些，我隱隱聽見那女子高亢急促的聲音：「大白天，詐騙集團就出來了。」怎麼可能，像我女兒如此可愛的女孩，提出的要求難道不是男人夢寐以求的禮物嗎？

我正想走過去，跟那男生說：「嘿，你別不識貨。」有人拍我的肩膀，轉身，是名警察用懷疑的眼光看著我：「先生，請問你在做什麼？」

我支吾其詞：「沒有啊，我……我在等人。」

這名年輕的警察，臉上還長著雀斑：「有人檢舉你好像在跟蹤人。」我的第一個想法卻是，這張似乎老實規矩的臉孔，很適合接受女兒的吻，不禁端詳起警察那兩片薄薄嘴唇。警察卻在等著我的回答，不耐地說道：「要不要到警局去一趟？」

我說：「不是啦，我是在想保護我的女兒。」轉頭一瞥，女兒已不見蹤影，「她在那頭進行街頭藝術行動，就是要湊一百個吻。」說到後來，我越說越小聲，這是我頭一遭承認了自己和這樁藝術行動的關係。

「什麼……」警察好像沒有聽懂，接著恍然大悟：「啊，我看過新聞報導，你是個那女學生的爸爸呀。」我趕緊點頭，深怕警察接著會說，怎麼父女一點也不像？她本來就比較像媽媽。

「好了，」警察收拾起懷疑的目光，「祝福你們。」就要離去。我卻無法止住那個想法，說道：「警察先生，你可以跟我女兒認識一下嗎？」

這擺明就是個邀請，或者，對警察制服裡那個年輕男子的誘惑，我覺得警察在那麼一瞬間是心動的。但在上午的SOGO廣場，陽光還沒有亮到讓人迷失心魂，那警察說：「對不起，我還在值勤。」口氣，聽起來就像拒絕在上班時喝酒。

女兒已經不知去向。好吧，我決定下午回去上班，繼續當一名正常的上班族。離開廣場，鑽入捷運的地底前，我下意識回顧四周，沒有發現任何熟人的身影。想到有人暗中看著我，還向警察檢舉我，就讓我深深覺得不安，如果，暗中的這個人其實跟蹤的是我女兒呢？

我只再跟過那次的中山北路，女兒一再流連在婚紗店前。我心中有些為她著急，這裡遇到落空的單身男子，機率顯然低了許多。兩天後，妹妹，也就是女兒的姑姑打電話來時，我正出城開會。妹妹省去開場白，開口就說：「喂，你的血壓藥有按時吃嗎？」

「什麼，妳還要我看電視嗎？」

「這次不是電視，是部落格。妳女兒不知受到哪種刺激，說有人跟她挑戰，問她既然要打破兩性隔閡，敢不敢去街上吻流浪漢？」

「流浪漢？」我胸口猛然捶擊。

「就是遊民、乞丐，流浪漢啊，我是最沒有階級觀念的人，但哥，你女兒竟然說要去吻流浪漢。」

這沒什麼不好，有那麼一瞬間，我有些佩服起女兒的勇氣。在臺北市流浪的遊民，很多當過電子新貴、股市大戶，只是為了某種理由露宿街頭。我記得幾年前，有個讀哲學的博士就在萬華流浪，宣稱要在街頭思索人生意義。

幾年前，感覺好像還只是昨天的事，我帶著女兒到龍山寺安太歲，那年，我們父女的生肖都沖煞。點了燈以後，走出龍山寺，對面就有一群遊民圍繞，在噴水池邊坐臥遊蕩。我小聲地跟女兒說：「妳別小看那群人，很多人曾經是五百大企業的主管喔。」

越過對街，女兒的眼神默默跟隨他們。後來，她常獨自前去龍山寺前的廣場觀看遊民的生態，拍照，說是要尋找創作靈感。有一天，她突然問我：「爸，如果我也去流浪，你說好嗎？」我知道每個人的生命裡，必定都有過流浪的念頭，但那時我猜想女兒口中的「流浪」，大概就像三毛的那種定義。

女兒的這場行動藝術，想像她一個接著一個的吻，開始在我的視野翻攪、調混，開始顫動我這個老男人對城市、對階級和生命的定義。女兒這樣問過我：「爸，難道人得擁有一個地址，才叫著活著嗎？」

我怎麼回答的，該死，我怎麼一點也想不起來。「不然，有人寄生日卡片來，郵差怎麼找到妳。」不是這一句，我並沒有如此幽默。

流浪漢？我就認識好幾個。每次經過延吉街，那個長著兩撇鬍子的男人向路人伸手時，會客氣問道：「對不起，借我一百塊。」我回想這個被我屢屢拒絕的男人，其實長相端正，他一再的向路人借錢，也一再的被拒絕，卻似乎不知道什麼叫做放棄。我突然覺得，如果女兒真的要吻流浪漢，找他或許是個選擇。我在想什麼？

回臺北後，果然在相同地點發現了這個男人。那天，他顯然毫無斬獲，看見我，卻看不出是不是記得我，走過來，準備他徒勞無功的發問：「借我一百塊。」然後就要走開。

我說，啊，今天是你的幸運日：「我可以給你一百塊。」那男人停下腳步，臉上不見感激或好奇，好像看著一隻誤闖叢林的小白兔。我說：「先要你幫我做一件事，我就給你一百塊。」說話時，我心中想著，他會不會是一個偽裝的，變成青蛙的王子。我往他背後看向仁愛路上的整排菩提樹和層層豪宅，懷疑那個巫婆仍躲在暗中窺視。

男人說話了；「真的，你不是詐騙集團嗎？」

我說，現在我相信他是王子了：「不是，我要你先給我女兒吻一下，一下就好。」

接下來的情節，有如一齣伍迪艾倫的都市喜劇。我率領這個男人搭上六五一路公車前往龍山寺，心中直想著他今天看來夠落魄了，那套厚夾克包裹著的身體散發悶臭，應該會是女兒中意的類型。我當然知道該去那裡找女兒，果然沒有猜錯，遠遠就望見女兒在龍山寺對面的噴水池邊走動，她的四周混雜著萬華特有的熱鬧，賣香腸的攤位，賣明牌的小販都有人群圍繞，「下一期穩出這兩支啦。」我聽到有人這樣喊著，每個人都覺得這一次輪到他得到神明的眷顧。兩個警察騎著機車在巷道內巡邏。我還知道，再過去一點的華西街暗巷，有站在紅燈下等待客人的女子，袒露擦著香水的乳房，她們想要的可不只是一個吻。女兒瘦瘦的身影一直晃動著，如從香爐飄散的香氣。有那麼一瞬間，我覺得女兒其實是寂寞的，眼淚湧到我的眼前，我心愛的女兒只是想得到一個吻。

我跟背後的男人說：「她就是我的女兒，你過去找他吧。」指著站在星宿磁磚上的身影。

「你要一起過來嗎？」那男人問，拉拉他的外套。

「不必了，」我說，「你快點過去，她吻了你以後，我就會給你一百塊。」這真是這個男人幸運的日子。

我躲在花叢和石柱邊，我想當女兒不經意望過來時，絕不會發現我。那男人用一種慢舞的姿態走了過去，這個王子，還以為他在宮殿內要去邀一段舞嗎？我看著他一直靠過去，距離實在太遠，完全聽不到他和女兒的談話。我彷彿瞥見那男人舉起手向我的方向一指，只是這樣，我的手機響起來了，是女兒的聲音：「爸，你不要胡鬧，我在 SOGO 時就發現你了。」我說，很想說，女兒，我知道妳的寂寞，回家來好嗎？但什麼都來不及說，傳來女兒高亢而憤怒的聲音，即使在龍山寺前喧雜市聲內，我仍清清楚楚見她的宣告：「我已經二十好幾歲了。」果然，她記得我說的那句話。

我還是給那男人一百塊錢，這個沒有變成王子的青蛙，沒有得到他預期的那個吻，對無數臺北人而言，要得到拯救，確實需要一個吻。我送那個男人去坐捷運，幫他買了三十塊的代幣，那男人問我：「我們現在要去哪裡？」我說：「這要問問自己吧，你總會有個方向的。」

這座城市和兩百多萬個市民，每天在捷運裡相遇，想像著與對方一吻的滋味，總會有個方向的。我決定不再跟蹤女兒，就隨她去吧。

我搭上捷運，換了兩班車，在中山站下車，沿著南京東路，命運將我帶往了林森公園。我還記得昔日的康樂里，心情沉悶時，我常會選擇的方向。兩座鳥居還留著，如同往日的紀念碑，宣告著日本人占領的年代，以前這一帶叫做「三板橋」，環繞日本人留下的居酒屋和歌場，我總覺得對臺北人和歷史，日本人來的那一段，是個怎樣也無法逃避的強吻。我坐在雀榕下的石椅，想著自己在城市內的歲月，雀榕的氣根蔓生，繁密枝葉遮蔽經過的男男女女。前方岳飛雕像旁的鳳凰樹悄無訊息，還不準備開出鮮血般的花。

那一年，在康樂里拆除的前夕，我握著酒瓶，蹲在路邊，但願不再醒來還是睡去，唱完了Frank Sinatra的歌後，女兒蹲下來，視線與我的平行，那年我是她唯一的依靠，對我，女兒何嘗不也是嗎？女兒說：「爸，你喝醉了。」我說：「我沒有醉，只是這個城市惹我傷心。」吐了一口後，我說：「我很想醒過來。女兒，我會保護妳，永永遠遠的保護妳。」女兒點點頭，在我的額頭上吻了一下，我記得她嘴唇的溫熱。

現在，我一個人坐在林森公園，望著爸爸和小孩在草地上放風箏，風起，我想起剛聽過的，張懸唱的一首歌的歌詞：「妳是我生命裡最壯麗的記憶，我會記得這個年代妳做過的事情。」是這樣嗎？我們究竟做過什麼，將留下什麼？

在公車站牌和鳳凰樹間，有個胖胖的女子對著過往的行人賣原子筆，我走過去時，她對著我說：「先生，原子筆一枝十元。」我本來只想走過去，看著那女子渴望和失望的眼神，我掏出了十塊錢，接下了一枝原子筆。不知從哪裡來的浪漫，也許是這個日子、陽光或一段感傷的記憶，我說：「小姐，妳可以給我一個吻嗎？」

臺北的一切，過去和將來，流動和停頓在那一刻攪拌成女子臉上的顏色，她露出我無法辨解的表情，回望我一眼，有那麼一刻，我覺得她是心動的，默默地，她搖了搖頭。

精選花語

輯一　女兒花園

木棉花女兒

這對母女間的依存，也像木棉樹，花開，花落，然後飄下棉絮。

青蓮花女兒

默默的在店前燒紙錢，供花，女兒們的心事是幽明相通的，虛渺的神格如今成為唯一的安慰。

風信子女兒

放下花束的那一刻，爸爸心裡想的是，下一季，從女兒的血泊裡會長出花來嗎？

朱槿花女兒

爸媽對她的期待，顯現在她總要背負著的名字上。

春不老女兒
在安靜的閣樓間，媽媽低聲跟她說：「以後妳就多了個爸爸，記得常上來上柱香。」
含笑花女兒
媽媽並沒有用體溫煨含笑花的習慣，不然，用一個女人的一生焙出來的，應該會散發何等的香氣。
羊蹄甲女兒
我們就像羊蹄甲、洋紫荊和艷紫荊，明明是三種花，卻常被分不清楚。
小雛菊女兒
女兒不經意的閃動眼眸：「王子會不會打公主，他們後來會不會離婚？」
仙人掌女兒
勇士其實沒有揮劍砍仙人掌，他只是輕輕的問了一聲：「妳願意敞開了嗎？」
水仙花女兒
他們同樣喜歡寫作，個性很強，愛恨分明，惟一的差別在於他們對衝突的觀點。
曇花女兒
女兒啊，沒有哪個男人、哪段感情，偉大到讓妳做出這種事。

苦杏仁女兒

父女關係也總像這樣，相聚時還不覺得，如同苦杏仁，吃進那一絲苦味，一點點的回香，卻絕對滋養身心。

玫瑰色的女兒

那一刻，媽媽知道，女兒再也不會回來了，以後，她像散落的玫瑰花瓣，活在更多人的身軀內。

野百合女兒

野百合的圖騰，早已從廣場消失，但是，野百合的精神長存，成為學運世代當上父母後的養料。

輯一　女兒心事

螃蟹的女兒

我望向蠢蠢欲動的疱腫，輕語安撫：「乖，乖乖睡覺，別醒。」

戴珍珠項鍊的女兒

女兒的專注裡帶著寂寞，如維梅爾筆下的碧藍絲巾和少女臉上的光線變化，召喚著畫外的觀看人。

康乃馨遊戲

有多少種顏色的康乃馨，就有多少種的媽媽和女兒。

輯三　女兒歲月

曾經我是一朵含笑花

我一直想知道，外祖母那天去尋了什麼，含笑花的命運暗喻是否將要揭曉？

雷公的女兒

那個老人聽見文理的叫喚，轉頭，站直身，從潰爛的嘴間用盡僅剩的氣力，發出一聲雷鳴：「十七連撤退。」許久許久，回音如同恆久的雷電。

給我女兒一百個吻

在台北，有哪個男人，會讓他的親密伴侶在街頭上要湊齊一百個吻？忌妒肯定會讓所有男人變成怪物。

二魚文化　文學花園　C111

臺灣女兒

作　　者　呂政達
責任編輯　李亮瑩
美術設計　費得貞
編輯主任　葉菁燕
行銷企劃　洪伃青
讀者服務　詹淑真

出 版 者　二魚文化事業有限公司
地址　106 臺北市大安區和平東路一段 121 號 3 樓之 2
網址　www.2-fishes.com
電話　(02)23515288
傳真　(02)23518061
郵政劃撥帳號　19625599
劃撥戶名　二魚文化事業有限公司
法律顧問　林鈺雄律師事務所

總 經 銷　大和書報圖書股份有限公司
電話　(02)89902588
傳真　(02)22901658

製版印刷　彩達印刷有限公司
初版一刷　二〇一四年五月
I S B N　978-986-5813-27-7
定　　價　二八〇元

題字篆印　李蕭錕

國家圖書館出版品預行編目(CIP)資料

臺灣女兒 / 呂政達著. -- 初版. -- 臺北市 : 二魚文化, 2014.05
224面 ; 14.8x21　公分. -- (文學花園 ; C111)
ISBN 978-986-5813-27-7(平裝)

855　　103006156

二魚文化 讀者回函卡

讀者服務專線：（02）23515288

感謝您購買此書，為了更貼近讀者的需求，出版您想閱讀的書籍，請撥冗填寫回函卡，二魚將不定時提供您最新出版訊息、優惠活動通知。

若有寶貴的建議，也歡迎您 e-mail 至 2fishes@2-fishes.com，我們會更加努力，謝謝！

姓名：＿＿＿＿＿＿＿＿ 性別：□男　□女　職業：＿＿＿＿＿＿

出生日期：西元＿＿＿年＿＿月＿＿日 E-mail：＿＿＿＿＿＿＿＿＿＿＿＿

地址：□□□□□ ＿＿＿＿＿縣市＿＿＿＿＿鄉鎮市區＿＿＿＿＿路街＿＿＿段＿＿＿巷＿＿＿弄＿＿＿號＿＿＿樓

電話：（市內）＿＿＿＿＿＿＿＿（手機）＿＿＿＿＿＿＿＿

1. 您從哪裡得知本書的訊息？

□逛書店時
□逛便利商店時
□上量販店時
□朋友強力推薦
□網路書店（站名：＿＿＿＿＿＿）
□看報紙（報名：＿＿＿＿＿＿）
□聽廣播（電臺：＿＿＿＿＿＿）
□看電視（節目：＿＿＿＿＿＿）
□其他地方，是＿＿＿＿＿＿

2. 您在哪裡買到這本書？

□書店，哪一家＿＿＿＿＿＿
□量販店，哪一家＿＿＿＿＿＿
□便利商店，哪一家＿＿＿＿＿＿
□網路書店，哪一家＿＿＿＿＿＿
□其他＿＿＿＿＿＿

3. 您買這本書時，有沒有折扣或是減價？

□有，折扣或是買的價格是＿＿＿＿＿＿
□沒有

4. 這本書哪些地方吸引您？（可複選）

□內容剛好是您需要的
□價格便宜
□是您喜歡的作者
□封面設計很漂亮
□內頁排版閱讀舒適
□您是二魚的忠實讀者

5. 哪些主題是您感興趣的？（可複選）

□新詩 □散文 □小說 □商業理財 □藝術設計 □人文史地 □社會科學
□自然科普 □醫療保健 □心靈勵志 □飲食 □生活風格 □旅遊 □宗教命理 □親子教養
□其他主題，如：＿＿＿＿＿＿＿＿＿＿＿＿

6. 對於本書，您希望哪些地方再加強？或其他寶貴意見？

＿＿＿＿＿＿＿＿＿＿＿＿＿＿＿＿＿＿＿＿

＿＿＿＿＿＿＿＿＿＿＿＿＿＿＿＿＿＿＿＿

廣告回信
台北郵局登記證
台北廣字第02430號
免貼郵票

106 臺北市大安區和平東路一段 121 號 3 樓之 2

二魚文化事業有限公司 收

文學花園系列

C111 臺灣女兒

●姓名

●地址

二魚文化